Nicholas Spark

El cuaderno
de Noah

Nicholas Sparks

El cuaderno
de Noah

FEB - - 2007

Dedico este libro, con amor,
a Cathy,
mi esposa y amiga.

Agradecimientos

Esta historia es lo que es gracias a dos personas muy especiales, y quiero agradecerles su colaboración.

A Theresa Park, la agente que me rescató de la oscuridad. Gracias por tu amabilidad, tu paciencia y las horas que has dedicado a mi trabajo. Te estaré eternamente agradecido por lo que has hecho.

A Jamie Raab, mi editor. Gracias por tu sabiduría, tu sentido del humor y tu buen corazón. Has convertido esta experiencia en algo maravilloso, y me siento dichoso de poder considerarte mi amigo.

Milagros

¿Quien soy? ¿Y cómo terminará esta historia?

Acaba de amanecer, y estoy sentado junto a una ventana empañada por el aliento de toda una vida. Esta mañana soy un auténtico espectáculo: dos camisas, unos pantalones de paño de abrigo, una bufanda enrollada dos veces alrededor del cuello y metida dentro de un suéter grueso que me tejió mi hija para mi cumpleaños, hace ya tres décadas. El termostato de la calefacción está al máximo y he puesto una pequeña estufa a mi espalda. Silba, ruge y escupe aire caliente como el dragón de un cuento, y sin embargo mi cuerpo tiembla con un frío que no desaparecerá nunca, un frío que ha tardado ochenta años en gestarse. Ochenta años, pienso a veces, y aunque llevo mi edad con resignación, no puedo creer que no haya conducido un coche desde los tiempos en que George Bush era presidente. Me pregunto si a toda la gente de mi edad le pasará lo mismo.

¿Mi vida? No es fácil de describir. No ha sido la experiencia vertiginosa y espectacular que hubiera deseado, pero tampoco he vivido oculto bajo tierra, como las ardillas. Supongo que podría compararse con la

Bolsa; relativamente estable, con más momentos buenos que malos y una tendencia general al alza. Un buen negocio, un negocio afortunado, y sé por experiencia que no hay mucha gente que pueda decir lo mismo. Pero no me interpreten mal. No soy especial; de eso estoy seguro. Soy un hombre corriente, con pensamientos corrientes, que ha llevado una vida corriente. No me dedicarán ningún monumento y mi nombre pronto pasará al olvido, pero he amado a otra persona con toda el alma, y eso, para mí, es más que suficiente.

Para los románticos, esta será una historia de amor; para los escépticos, una tragedia. Para mí es una mezcla de ambas cosas, e independientemente de la impresión que les cause al final, nadie podrá negar que ha determinado gran parte de mi vida y señalado mi camino. No tengo quejas de ese camino ni de los sitios adonde me ha llevado; puede que tenga quejas suficientes para llenar una carpa de circo en otros planos, pero el camino que he elegido ha sido el mejor y jamás lo cambiaría por otro.

Por desgracia, con el tiempo no resulta sencillo seguir el rumbo fijado. El camino es tan recto como siempre, pero ahora está salpicado de las rocas y piedrecillas acumuladas en el transcurso de una vida. Hasta hace tres años habría sido fácil sortearlas, pero hoy es imposible. La enfermedad se ha apoderado de mi cuerpo; ya no soy fuerte ni estoy sano, y paso el tiempo como un globo viejo: lánguido, flojo y cada vez más blando.

Toso y miro el reloj por el rabillo del ojo. Es hora de salir. Me levanto del sillón situado junto a la ventana y cruzo la habitación arrastrando los pies, deteniéndome ante el escritorio para tomar el cuaderno que he leído centenares de veces. Ni siquiera lo miro. Me lo pongo debajo del brazo y sigo andando hacia el sitio adonde quiero ir.

Camino sobre las baldosas blancas salpicadas de gris. Como mi pelo y como el de la mayoría de los que viven aquí, aunque esta mañana soy el único en el vestíbulo. Están en sus habitaciones, con la sola compañía de la televisión, pero ellos, como yo, están acostumbrados. Con el tiempo, uno se acostumbra a cualquier cosa.

Oigo un llanto ahogado a lo lejos y sé perfectamente de dónde procede. Las enfermeras me ven; nos sonreímos y nos saludamos. Son amigas mías y charlamos a menudo, aunque estoy seguro de que especulan sobre mí y sobre las cosas que hago cada día. Oigo que murmuran a mi paso:

—Ahí va otra vez —dicen—. Ojalá hoy salga bien.

Pero no me dicen nada en la cara. Estoy convencido de que piensan que me molestaría hablar de ello a una hora tan temprana y, conociéndome, quizá tengan razón.

Un minuto después llego a la habitación. Como de costumbre, han dejado la puerta abierta. Hay otras dos enfermeras dentro y también me sonríen.

—Buenos días —saludan alegremente, y dedico un minuto a preguntarles por los niños, el colegio y las vacaciones que se aproximan.

Durante otro minuto hablamos del llanto. Al parecer, no lo han notado. Ya no les afecta; y debo confesar que a mí me pasa otro tanto.

Me siento en el sillón, que ha adquirido la forma de mi cuerpo. Casi han terminado; ella está vestida, pero

15

sigue llorando. Sé que callará en cuanto se vayan. El ajetreo de la mañana siempre la perturba y hoy no es una excepción. Finalmente, las enfermeras retiran el biombo y se marchan. Las dos me tocan y me sonríen al.pasar por mi lado. Me pregunto qué significan esos gestos.

Un segundo después la miro, pero ella no me devuelve la mirada. Lo entiendo, porque no me reconoce. Para ella soy un extraño. Me doy vuelta, inclino la cabeza y rezo en silencio, pidiendo la fuerza que sé que voy a necesitar. Siempre he sido un firme creyente en Dios y en el poder de la oración, aunque, para ser sincero, mi fe me ha llevado a plantearme una lista de interrogantes para los que exigiré respuestas después de la muerte.

Ya estoy preparado. Me pongo los anteojos y saco una lupa del bolsillo. La dejo un instante en la mesa mientras abro el cuaderno. Tengo que chuparme el dedo dos veces para abrir la gastada tapa. Pongo la lupa en posición.

Antes de empezar a leer, siempre hay un momento de vacilación en que me pregunto: ¿pasará hoy? No lo sé; nunca lo sé de antemano, y en el fondo me es igual. Es la esperanza lo que me impulsa a seguir; no hay garantías, como si se tratara de una apuesta. Pueden llamarme soñador, ingenuo, o cualquier cosa por el estilo, pero estoy convencido de que todo es posible.

Sé que las probabilidades y la ciencia están en mi contra. Pero también sé que la ciencia no es infalible; la experiencia me lo ha demostrado. Por eso creo que los milagros, por inexplicables o increíbles que parezcan, existen y pueden contradecir el orden natural de las cosas. De modo que una vez más, como todos los días, empiezo a leer el cuaderno en voz alta para que ella me oiga, con la esperanza de que el milagro que ha llegado a dominar mi vida vuelva a triunfar.

Y quizá, sólo quizá, lo haga.

Fantasmas

A principios de octubre de 1946 Noah Calhoun contemplaba la puesta de Sol desde el zaguán de su casa de estilo colonial. Le gustaba sentarse allí al atardecer, después de trabajar todo el día, y dejar vagar sus pensamientos. Era su forma de relajarse, una rutina que había aprendido de su padre.

Le gustaba sobre todo mirar los árboles y su reflejo en el río. Los árboles de Carolina del Norte son hermosos en otoño; verdes, amarillos, rojos, naranjas y todas las tonalidades intermedias. Sus colores resplandecen a la luz del Sol. Por centésima vez, Noah Calhoun se preguntó si los antiguos propietarios de la casa pasarían las tardes allí, pensando en las mismas cosas.

La casa, construida en 1772, era una de las más antiguas y grandes de New Bern. Originariamente, la vivienda principal de una plantación; Noah la había comprado poco después de la guerra, invirtiendo una pequeña fortuna y los últimos once meses en repararla. Unas semanas antes, un periodista del diario de Raleigh había escrito un artículo sobre ella, diciendo que era una de las mejores restauraciones que había visto. Y no se equivocaba respecto de la casa. El resto de la finca era otra historia, y allí pasaba Noah la mayor parte del día.

La casa se alzaba sobre un terreno de seis hectáreas, a orillas del río Brices, y Noah estaba reparando la valla de madera que rodeaba los otros tres lados de la finca, comprobando que no hubiera termitas o que la madera no estuviera podrida y reemplazando postes donde era necesario. Todavía quedaba mucho por hacer, sobre todo en el oeste, y poco antes, mientras guardaba las herramientas, Noah se había recordado que tendría que encargar más madera. Entró en la casa, bebió un vaso de té helado y se duchó. Siempre se duchaba al atardecer, cuando el agua lo libraba de la suciedad y también del cansancio.

Después se peinó el cabello hacia atrás, se puso unos vaqueros descoloridos y una camisa azul de mangas largas, se sirvió otro vaso de té y salió al porche donde estaba sentado ahora, donde se sentaba todos los días a la misma hora.

Estiró los brazos por encima de la cabeza, luego hacia los lados, rotando los hombros. Se sentía bien, limpio y fresco. Estaba agotado, y sabía que al día siguiente le dolerían los músculos, pero se alegraba de haber hecho casi todo lo que se había propuesto.

Tomó la guitarra, recordando a su padre, y pensó en lo mucho que lo echaba de menos. Rasgueó una vez, ajustó la tensión de un par de cuerdas y volvió a rasguear. Sonaba bien, de modo que empezó a tocar una música suave, tranquila. Tarareó unos instantes, y comenzó a cantar mientras la noche se cerraba sobre él. Tocó y cantó hasta que el Sol desapareció y el cielo se tiñó de negro.

Poco después de las siete dejó la guitarra, se apoyó

sobre el respaldo de la silla y comenzó a mecerse. Por pura costumbre, alzó la vista y miró a Orión, la Osa Mayor, Géminis y la Estrella Polar, que parpadeaban en el cielo otoñal.

Comenzó a hacer cuentas mentalmente, pero enseguida se detuvo. Sabía que había gastado casi todos sus ahorros en la casa y que pronto tendría que buscar un empleo, pero apartó ese pensamiento de su mente y decidió disfrutar de los meses que faltaban para terminar la restauración sin preocuparse por eso. Las cosas saldrían bien; lo sabía, siempre era así. Además, pensar en el dinero lo aburría. Había aprendido a disfrutar de las pequeñas cosas, de las cosas que no pueden comprarse, y le costaba entender a la gente que veía la vida de otro modo. Otra cualidad que había heredado de su padre.

Clem, su perra de caza, se acercó, le olfateó la mano y se tendió a sus pies.

—Hola, chica, ¿cómo estás? —le preguntó dándole una palmada en la cabeza, y la perra gimió suavemente, mirándolo con sus ojos redondos y tiernos. Había perdido una pata en un accidente, pero todavía se movía bastante bien y le hacía compañía en las noches tranquilas como aquella.

Noah tenía treinta y un años, no demasiados, pero los suficientes para sentirse solo. No había salido con nadie desde su llegada allí, pues no había conocido a ninguna chica que lo atrajera en lo más mínimo. Algo se interponía entre él y las mujeres que se le acercaban, algo que no estaba seguro de poder cambiar aunque quisiera. Y a veces, poco antes de dormirse, se preguntaba si estaría condenado a vivir solo hasta el final de sus días.

La tarde pasó, cálida, agradable. Atento al canto de los grillos y al rumor de las hojas, Noah pensó que los sonidos de la naturaleza eran más reales y despertaban más emociones que los de los coches o los aviones. La naturaleza da más de lo que quita, y sus sonidos evocan la esencia del ser humano. Durante la guerra, sobre todo después de un combate, había pensado muchas veces en aquellos sonidos simples. "Evitarán que te vuelvas loco", le había dicho su padre el día que embarcó. "Es la música de Dios, y te devolverá a casa."

Terminó el té, entró en la casa, tomó un libro y encendió la luz del porche antes de volver a salir. Se sentó otra vez y miró el libro viejo, con la cubierta rota y las páginas manchadas de barro y agua. Era *Hojas de hierba*, de Walt Whitman, y se lo había llevado con él a la guerra. En una ocasión, incluso interceptó una bala.

Sacudió la cubierta para quitarle el polvo. Luego abrió el libro en una página al azar y leyó:

Esta es tu hora, oh alma, tu libre vuelo hacia lo inefable,
Lejos de los libros, lejos del arte, abolido el día, concluida la lección,
Emerges, silenciosa, contemplativa, a meditar en los temas que más amas,
La noche, el sueño, la muerte y las estrellas.

Sonrió para sí. Por alguna razón, Whitman siempre le recordaba New Bern, y se alegraba de haber regresado. Aunque había estado fuera catorce años, New Bern seguía siendo su hogar, y allí conocía a mucha gente, a casi todos de sus épocas de adolescente. No era de extrañar. Como en tantos pueblos del sur, los habitantes de New Bern no cambiaban, simplemtente envejecían.

En la actualidad, su mejor amigo era Gus, un negro de setenta años que vivía al final de la calle. Se habían conocido un par de semanas después que Noah comprara la casa, cuando Gus se presentó con una botella de licor casero y un estofado, y pasaron su primera tarde juntos emborrachándose e intercambiando anécdotas. Ahora Gus lo visitaba un par de noches a la semana, casi siempre a eso de las ocho. Con cuatro hijos y doce nietos en casa, necesitaba escapar de vez en cuando, y Noah lo entendía. Gus solía llevar su armónica consigo, y después de charlar un rato, interpretaban algunas canciones juntos. A veces tocaban durante horas.

Había llegado a considerar a Gus como un miembro de la familia. En realidad, tras la muerte de su padre, ocurrida un año antes, estaba solo en el mundo. Era hijo único; su madre había muerto de gripe cuando él tenía dos años, y él nunca se había casado, aunque en una ocasión quiso hacerlo.

Una vez había estado enamorado; de eso estaba seguro. Sólo una vez, una única vez, mucho tiempo atrás. Y aquella experiencia lo marcó para siempre. El amor perfecto deja huella, y el suyo había sido perfecto.

Las nubes de la costa comenzaron a desplazarse lentamente por el cielo del atardecer, tiñéndose de plata con el reflejo de la Luna. Mientras se cerraban sobre él, Noah echó la cabeza hacia atrás y la apoyó sobre el respaldo de la mecedora. Sus piernas se movían mecánicamente, manteniendo un ritmo constante, y como tantas otras veces, evocó un cálido atardecer como ése, catorce años antes.

Todo había empezado en 1932, poco después de su

graduación, la primera noche del festival de Neuse River. El pueblo entero estaba en la calle, disfrutando de la barbacoa y los juegos de azar. Era una noche húmeda; por alguna razón, recordaba claramente ese detalle. Había llegado solo, y mientras se abría paso entre la multitud, buscando a algún conocido, vio a Fin y a Sarah, dos amigos de la infancia, charlando con una desconocida. Recordó que la chica le había parecido bonita, y que cuando finalmente se unió al grupo, lo había mirado con unos ojos brumosos que todavía lo obsesionaban.

—Hola —dijo simplemente y le tendió la mano—. Finley me ha hablado mucho de ti.

Un comienzo vulgar que sin duda habría olvidado si se hubiera tratado de cualquier otra persona. Pero cuando le estrechó la mano y vio esos impresionantes ojos color esmeralda, supo de inmediato que podría pasarse el resto de su vida buscando una mujer semejante y no encontrarla nunca. Tan extraordinaria, tan perfecta le pareció mientras la brisa estival soplaba entre los árboles.

A partir de ese momento, fue como si lo arrastrara un viento huracanado. Fin dijo que ella pasaría el verano en New Bern con su familia porque su padre trabajaba para R.J. Reynolds, y aunque él se limitó a asentir con la cabeza, la mirada de la chica hizo que su silencio pareciera apropiado. Fin rió, porque intuía lo que estaba pasando, y Sarah sugirió que compraran unas gaseosas y se quedaran en el festival hasta que la gente se marchara y los puestos cerraran.

Se vieron al día siguiente, y al siguiente, y pronto se hicieron inseparables. Todas las mañanas, excepto los domingos, cuando él tenía que ir a la iglesia, Noah terminaba sus tareas lo antes posible, e iba directamente a Fort Totten Park, donde ella lo esperaba. Dado que la chica acababa de llegar y nunca había estado mucho tiempo en un pueblo pequeño, se pasaban el día haciendo cosas completamente nuevas para ella. Noah le enseñó a enganchar el cebo al anzuelo y a pescar percas en los bajíos, y la llevó a explorar las zonas más alejadas de Croatan Forest. Paseaban en canoa, contemplaban las tormentas eléctricas de verano, y muy pronto fue como si se conocieran de toda la vida.

Pero también Noah aprendió cosas nuevas. Durante el baile del pueblo, en el granero del tabacal, ella le enseñó a bailar el vals y el charleston, y aunque al principio él se movía con torpeza, la paciencia de la joven finalmente dio frutos y bailaron juntos hasta la última pieza. Después Noah la acompañó a casa, y cuando se despidieron en el porche, la besó por primera vez, preguntándose por qué había esperado tanto. Poco después la trajo a esta casa, le enseñó las ruinas y le dijo que algún día la compraría y la repararía. Pasaron muchas horas juntos hablando de sus sueños —los de él, de conocer mundo; los de ella, de dedicarse al arte—, y en una húmeda noche de agosto, los dos perdieron la virginidad. Tres semanas después, cuando ella se marchó, se llevó consigo el resto del verano y una parte de él. A primera hora de una lluviosa mañana, Noah la miró partir con unos ojos que no habían dormido en toda la noche, y volvió a casa a hacer las maletas. Pasó la semana siguiente a solas en Harkers Island.

Noah se peinó con los dedos y miró el reloj. Las ocho y doce minutos. Se levantó, caminó hasta la parte delantera de la casa y miró a la carretera. No había señales de Gus, y supuso que no acudiría. Volvió al porche trasero y se sentó en la mecedora.

Recordó que había hablado de ella con Gus. Cuando la mencionó por primera vez, Gus rió y sacudió la cabeza.

—Conque ese es el fantasma del que has estado huyendo —dijo—. Ya sabes, el fantasma, el recuerdo. Te he visto trabajar día y noche, esclavizarte sin concederte un respiro. La gente se comporta así por tres razones: porque está loca, es idiota, o quiere olvidar. En tu caso, yo sabía que intentabas olvidar algo. Lo que no sabía era qué.

Pensó en las palabras de Gus. Tenía razón, desde luego. Para Noah, New Bern era un pueblo encantado. Encantado por el fantasma de su recuerdo. Cada vez que pasaba por Fort Totten Park, el lugar que habían recorrido tantas veces juntos, la veía allí. Sentada en un banco o de pie junto a las rejas de la entrada, siempre sonriendo, con el cabello rubio sobre los hombros y los ojos del color de las esmeraldas. Por las noches, cuando se sentaba a tocar la guitarra en el porche, la imaginaba a su lado, escuchando en silencio las canciones de la infancia.

La misma sensación lo invadía cada vez que iba al negocio de Gaston, o al Masonic Theatre, o simplemente cuando caminaba por el centro del pueblo. Dondequiera que mirara, veía su imagen o veía cosas que la devolvían a la vida.

Sabía que era extraño. Noah se había criado en New Bern. Había pasado sus primeros diecisiete años allí. Pero cuando pensaba en el pueblo, sólo parecía capaz de recordar el último verano, el verano que habían compartido. Los demás recuerdos eran sólo fragmen-

25

tos, retazos inconexos de su infancia, y pocos, si alguno, evocaban sentimientos.

Una noche se lo contó a Gus, y su amigo no sólo lo había entendido, sino que fue el primero en explicarle el porqué. Sencillamente había dicho:

—Mi padre decía que el primer amor te cambia la vida para siempre, y por mucho que te empeñes, el sentimiento nunca muere del todo. La chica de la que hablas fue tu primer amor. Y hagas lo que hicieres, te acompañará siempre.

Noah sacudió la cabeza, y cuando la imagen de su antiguo amor empezó a desvanecerse, volvió a Whitman. Leyó durante una hora, alzando la vista de vez en cuando para mirar a los mapaches o a las zarigüeyas que correteaban a orillas del río. A las nueve y media cerró el libro, subió al dormitorio y apuntó en su diario algunas observaciones personales y un recuento del trabajo hecho en la casa. Cuarenta minutos después, dormía. Clem subió la escalera, olfateó el cuerpo dormido de Noah y dio unas cuantas vueltas alrededor antes de acurrucarse a los pies de la cama.

Esa misma noche, poco antes, y a ciento cincuenta kilómetros de distancia, ella se sentó sola, con una pierna cruzada debajo del muslo, en el columpio del porche de la casa de sus padres. El asiento estaba ligeramente húmedo; acababa de caer un fuerte chaparrón de gotas punzantes, pero las nubes se alejaban y miró más allá de ellas, a las estrellas, preguntándose si su decisión sería acertada. Había dudado durante días —y seguía dudando esa noche—, pero sabía que si dejaba escapar esa oportunidad, jamás podría perdonárselo.

Lon ignoraba la auténtica razón del viaje previsto

para el día siguiente. Hacía una semana, ella había insinuado que quería ir a echar un vistazo en algunos negocios de antigüedades cerca de la costa.

—Sólo estaré fuera un par de días —había dicho—. Necesito tomarme un descanso de los preparativos de la boda.

No le gustaba mentirle, pero sabía que no podía decirle la verdad. Su escapada no tenía nada que ver con él, y no hubiera sido justo pedirle que la entendiera.

El viaje desde Raleigh fue tranquilo, duró algo más de dos horas, y llegó poco antes de las once. Se inscribió en un pequeño hotel del centro, subió a su habitación y deshizo la valija. Colgó los vestidos en el armario y puso todo lo demás en los cajones. Almorzó rápidamente, pidió información a la camarera sobre los negocios de antigüedades más cercanos y dedicó las horas siguientes a las compras. A las cuatro y media regresó a su habitación.

Se sentó en el borde de la cama y telefoneó a Lon. Él no tenía mucho tiempo para hablar, pues debía estar en los tribunales a las cuatro, pero antes de despedirse, ella le dio el número del hotel y prometió llamarlo al día siguiente. Perfecto, pensó mientras colgaba el auricular. Una conversación de rutina, nada fuera de lo corriente. Nada que despertara sospechas.

Lo conocía desde hacía cuatro años; se habían visto por primera vez en 1942, cuando el mundo estaba en guerra y los Estados Unidos llevaban un año en la contienda. Todos contribuían a su manera, y ella trabajaba como voluntaria en un hospital del centro. Allí la necesitaban y la apreciaban, pero las cosas resultaron más complicadas de lo que había esperado. Las primeras cuadrillas de jóvenes soldados heridos volvían a casa, y ella pasaba los días con hombres destrozados y cuerpos mutilados. Cuando Lon, con su natural encanto, se presentó a sí mismo durante una fiesta de Navidad, le pareció justo lo que necesitaba: alguien con fe en el futuro y un sentido del humor, capaz de ahuyentar todos sus temores.

Era atractivo, inteligente y decidido, un próspero abogado ocho años mayor que ella, cuya pasión por el trabajo lo llevaba a ganar muchos juicios y a hacerse un nombre en la profesión. Ella comprendía su obsesión por el éxito, pues tanto su padre como la mayoría de los hombres de su círculo social la compartían. Lon tenía una educación idéntica, y en la sociedad clasista del sur, los apellidos y los logros eran la condición más importante para el matrimonio. En muchos casos, eran la única condición.

Aunque ella se rebelaba secretamente contra esa norma desde la infancia, y había salido con varios hombres que, en el mejor de los casos, podían ser calificados de advenedizos, se sentía atraída por el carácter afable de Lon y poco a poco había llegado a quererlo. A pesar de las muchas horas que dedicaba al trabajo, era bueno con ella. Era un caballero, maduro y responsable, y durante los momentos más difíciles de la guerra, cuando ella necesitaba a alguien que la abrazara, Lon nunca le falló. Con él se sentía segura y amada, y por eso había aceptado su proposición de matrimonio.

Esos recuerdos la hicieron sentir culpable por estar allí, y comprendió que debería hacer la valija y marcharse de inmediato, antes que cambiara de idea. Ya lo había hecho una vez, mucho tiempo antes, y estaba segura de que si volvía a marcharse, jamás se atrevería a regresar. Tomó el bolso, titubeó un momento, y se dirigió a la puerta. Pero la casualidad la había empujado allí, así que dejó el bolso, sabiendo que si renunciara a sus planes, siempre se preguntaría qué habría pasado si se hubiera quedado. Y esa incógnita no la dejaría vivir en paz.

Entró en el baño y abrió la canilla de la bañera. Después de comprobar la temperatura del agua, regresó a la habitación y fue hacia la cómoda, quitándose los aros de oro en el camino. Abrió el estuche del maquillaje, sacó una afeitadora y una pastilla de jabón y se desnudó frente al espejo.

Una vez desnuda, contempló su imagen. Desde jovencita había oído decir que era preciosa. Su cuerpo era firme y proporcionado, con los pechos suavemente redondeados, el vientre plano, las piernas delgadas. Había heredado de su madre los pómulos prominentes, la piel tersa y el cabello rubio, pero su mejor atributo era sólo suyo. Como siempre decía Lon, tenía unos ojos como "las olas del mar".

Volvió al baño con la afeitadora y el jabón, cerró la canilla, dejó una toalla a mano, y se metió con cuidado en la bañera.

Se sumergió en el agua, disfrutando de su efecto relajante. El día había sido largo y tenía la espalda tensa, pero se alegraba de haber acabado tan pronto con las compras. Debía volver a Raleigh con algo tangible, y las compras efectuadas cumplirían ese cometido. Se dijo que debía informarse sobre otros negocios de la zona de Beaufort, pero de inmediato pensó que no sería necesario. Lon nunca dudaría de su palabra.

Tomó el jabón, se enjabonó y empezó a afeitarse las piernas. Mientras tanto, pensó en sus padres y en lo que dirían de su conducta. Sin duda la condenarían, en especial su madre. Ella jamás había aprobado lo ocurrido durante el verano pasado allí, y mucho menos aprobaría esa escapada, por más explicaciones que le diera.

Permaneció un rato más en la bañera, y finalmente salió y se secó. Abrió el armario, buscó un vestido y optó por uno amarillo largo, ligeramente escotado, acorde con la moda del sur. Se lo puso y dio un par de vueltas frente al espejo. La favorecía, le daba un aspecto muy femenino, pero a último momento cambió de idea y volvió a colgarlo en la percha.

Se decidió por un modelo menos elegante y provocativo. El vestido, de color azul cielo, abotonado en la delantera y con puntillas, no era tan bonito como el primero, pero le confería un aire que le pareció más apropiado.

Apenas se maquilló; sólo un toque de sombra y rímel para destacar los ojos. Luego un poco de perfume, no demasiado. Se puso un par de aros de argolla y se calzó las mismas sandalias sin tacón que llevaba antes. Se cepilló el cabello rubio, lo recogió y se miró al espejo. No, pensó, era demasiado; y volvió a soltárselo. Mejor así.

Cuando hubo terminado, retrocedió unos pasos y se examinó. Estaba bien, ni demasiado arreglada ni demasiado informal. No quería excederse. Al fin y al cabo, no sabía con qué se iba a encontrar. Había pasado mucho tiempo —quizá demasiado— y podían haber ocurrido muchas cosas, incluso algunas en las que prefería no pensar.

Bajó la vista, comprobó que le temblaban las manos y se rió de sí misma. Era curioso; nunca se ponía tan nerviosa. Al igual que Lon, siempre se mostraba como una persona segura, incluso de pequeña. Recordaba que ocasionalmente esa actitud le había causado problemas, sobre todo cuando salía con chicos, porque intimidaba a la mayoría de los jóvenes de su edad.

Tomó el bolso, las llaves del coche y finalmente la de la habitación. La giró en la mano un par de veces, pensando. Si has sido capaz de llegar hasta aquí, no te rindas ahora. Se dirigió a la puerta, pero antes de llegar retrocedió y volvió a sentarse en la cama. Miró el reloj. Sabía que debía marcharse pronto —quería llegar antes que oscureciera—, pero necesitaba un poco más de tiempo.

—¡Maldita sea! —murmuró—, ¿qué hago aquí? No debería haber venido. No hay ninguna razón.

—Pero una vez que lo dijo, supo que no era así. Tenía sus motivos. Al menos encontraría la respuesta que buscaba.

Revolvió en el bolso hasta que encontró un recorte de diario doblado. Lo sacó despacio, casi con reverencia, con cuidado de no rasgar el papel. Lo desplegó y lo miró fijamente unos instantes.

—Es por esto —dijo por fin—, esta es la razón.

Noah se levantó a las cinco y, fiel a su costumbre, dio un paseo en canoa por el río. Cuando volvió, se puso la ropa de trabajo, calentó unas galletas del día anterior, agregó un par de manzanas y acompañó el desayuno con dos tazas de café.

Trabajó otra vez en la valla, reparando la mayoría de las estacas que lo necesitaban. La temperatura —más de veintiséis grados— era insólita para la época, y a mediodía estaba tan acalorado y cansado, que se alegró de poder tomarse un descanso.

Decidió comer a orillas del río porque los salmonetes estaban saltando. Le gustaba verlos saltar tres o cuatro veces y flotar en el aire antes de desaparecer en el agua salobre. Por alguna razón, siempre se alegraba de que el instinto de los peces hubiera permanecido inmutable durante miles, quizá cientos de miles, de años.

A veces se preguntaba si los instintos del ser humano habían cambiado en ese tiempo, y siempre llegaba a la conclusión de que no. Por lo menos en los aspectos más básicos y primitivos. Le constaba que el hombre siempre había sido agresivo, ansioso por dominar, por controlar el mundo y todo lo que se encontraba en él. Las guerras en Europa y en Japón daban fe de ello.

Dio por concluida la jornada de trabajo poco después de las tres y caminó hasta un pequeño cobertizo situado cerca del desembarcadero. Entró, sacó la caña de pescar, un par de cebos y unos cuantos grillos vivos que siempre tenía a mano, luego salió al desembarcadero, enganchó el cebo al anzuelo y lanzó el sedal.

Siempre que salía a pescar, acababa reflexionando sobre su vida, y esa vez no fue una excepción. Recordó que tras la muerte de su madre había vivido en una docena de casas diferentes. En ese entonces tartamudeaba ostensiblemente y los demás niños se burlaban de él. En consecuencia, comenzó a hablar cada vez menos hasta que, a la edad de cinco años, se negó rotundamente a hacerlo. Cuando empezó a ir a la escuela, los maestros lo tomaron por retrasado y recomendaron a su padre que lo retirara de allí.

Sin embargo, su padre decidió tomar cartas en el asunto. Se ocupó de que siguiera yendo a clase, y todas las tardes, al terminar la jornada escolar, lo llevaba al aserradero para que lo ayudara a levantar y apilar la madera.

—Es bueno que pasemos tiempo juntos —decía mientras trabajaban codo con codo—, como hacíamos mi padre y yo.

Durante esas horas, su padre le hablaba de pájaros y animales, o le contaba leyendas típicas de Carolina del Norte. Unos meses después, Noah comenzó a hablar otra vez, aunque no muy bien, y su padre decidió enseñarle a leer con libros de poesía.

—Aprende a leer esto en voz alta y serás capaz de decir todo lo que se te ocurra.

Una vez más, su padre tenía razón, y al cabo de un año, Noah había dejado de tartamudear. Pero continuó yendo al aserradero todos los días, sencillamente porque su padre estaba allí, y por las noches leía la obra de Whitman y Tennyson en voz alta mientras su padre se hamacaba en la mecedora. Desde entonces, nunca dejaba de leer poesía.

Cuando fue algo mayor, pasaba la mayoría de los fines de semana y las vacaciones a solas. Exploró Croatan Forest en su primera canoa, remontando el río Brices, y treinta kilómetros más arriba, cuando le fue imposible seguir, recorrió andando los kilómetros que quedaban hasta la costa. Acampar y explorar se convirtieron en su pasión, y pasaba horas en el bosque, sentado a la sombra de un roble, silbando quedamente y tocando la guitarra para un público de castores, gansos y garzas salvajes. Los poetas sabían que la soledad en la naturaleza, lejos de la gente y los objetos creados por el hombre, era buena para el alma, y Noah siempre se había identificado con los poetas.

Aunque era de temperamento tranquilo, su larga

experiencia cargando pesos en el aserradero le ayudó a destacarse en los deportes, y sus logros deportivos le dieron popularidad. Disfrutaba con los partidos de fútbol y las competiciones de atletismo, pero aunque la mayoría de sus compañeros de equipo pasaban juntos también el tiempo libre, Noah rara vez se reunía con ellos. Algunos de sus amigos lo consideraban arrogante, pero la mayoría simplemente pensaba que era más maduro que sus contemporáneos. Tuvo algunos escarceos amorosos en el instituto, pero ninguna chica dejó huellas en él. Salvo una. Y esa llegó después de la graduación.

Allie. Su Allie.

Recordó que después del festival había hablado de Allie con Fin, y que su amigo se había reído de él. Luego le hizo dos predicciones: la primera, que se enamorarían; la segunda, que la relación no prosperaría.

Percibió un ligero tirón en el sedal y deseó que se tratara de un salmonete, pero el movimiento cesó, y tras enrollar el sedal y comprobar que el cebo seguía allí, volvió a lanzar...

Las dos predicciones de Fin resultaron acertadas. La mayoría de las veces, Allie tenía que mentir a sus padres para verlo. No porque Noah no les cayera bien, sino porque procedía de otra clase social, era demasiado pobre, y no querían que su hija se tomara en serio a un chico como él.

—Me da igual lo que piensen mis padres, te quiero y siempre te querré —aseguraba Allie—. Encontraremos la forma de estar juntos.

Pero al final no pudieron. A principios de septiembre, acabada la cosecha de tabaco, ella no tuvo más remedio que volver a Winston-Salem con su familia.

—Sólo ha terminado el verano, Allie, nuestra relación no —había dicho Noah la mañana en que ella se marchó—. Nunca terminará.

Pero lo hizo. Por razones que Noah nunca comprendería, Allie no respondió a ninguna de las cartas que le envió.

Poco después decidió marcharse de New Bern para quitársela de la cabeza, pero también porque corrían los tiempos de la Depresión, y resultaba casi imposible ganarse la vida allí. Primero fue a Norfolk y trabajó seis meses en un astillero, hasta que lo despidieron; luego se trasladó a Nueva Jersey, donde, según decían, la situación económica era mejor.

Finalmente comenzó a trabajar en una chatarrería, separando el metal del resto de los desperdicios. El propietario, un judío llamado Morris Goldman, estaba empeñado en reunir la mayor cantidad posible de metal, convencido de que la guerra en Europa era inminente y que los Estados Unidos se verían obligados a intervenir. A Noah, sin embargo, sus motivos lo tenían sin cuidado. Simplemente se alegraba de tener un empleo.

Su larga experiencia en el aserradero lo había preparado para esa clase de tareas, y trabajaba duro. No sólo porque así conseguía olvidar a Allie durante el día, sino también porque estaba convencido de que era su deber. Su padre siempre le había dicho: "Entrega un día de trabajo por un día de paga. De lo contrario, estarás robando". Esa actitud complacía a su jefe.

—Lástima que no seas judío —decía Goldman—, en todo lo demás eres un muchacho excelente. —Era el mejor cumplido que podía hacer Goldman.

Seguía pensando en Allie, sobre todo por las noches. Le escribía una vez al mes, pero nunca recibió respuesta. Por fin envió la última carta y se obligó a aceptar el hecho de que jamás compartirían nada más que aquel verano juntos.

No obstante, ella seguía presente. Tres años después de la última carta, viajó a Winston-Salem con la esperanza de encontrarla. Fue a su casa, descubrió que se había mudado, y después de consultar a los vecinos, telefoneó a JRJ. La empleada que atendió el teléfono era nueva y no reconoció el apellido, pero echó un vistazo a los ficheros de personal. Averiguó que el padre de Allie había abandonado la empresa y que en su ficha no figuraba ninguna dirección. Aquella fue la primera y única vez que Noah la buscó.

Continuó trabajando para Goldman durante los ocho años siguientes. Al principio, era uno más de los doce empleados, pero con el tiempo la empresa prosperó y consiguió un ascenso. En 1940 dominaba el negocio y estaba al mando de todas las operaciones, desde el control de las transacciones a la supervisión de un equipo de treinta personas. La chatarrería se había convertido en el mayor negocio de compra y venta de metales de la Costa Este.

En aquellos tiempos salió con varias mujeres. Tuvo una relación seria con una de ellas, una camarera del restaurante local de intensos ojos azules y sedoso cabello negro. Aunque el noviazgo duró dos años, nunca llegó a sentir por ella lo mismo que por Allie.

Pero tampoco la olvidó. La chica era unos años mayor que él, y le había enseñado las maneras de complacer a una mujer, los sitios donde tocar y besar, los puntos donde demorarse, las palabras que debía susurrar. A veces se pasaban el día entero en la cama, abrazados, haciendo el amor de la forma más satisfactoria para ambos.

Ella sabía que no estarían juntos para siempre. Hacia el final de la relación, se lo había dicho:

—Ojalá pudiera darte lo que buscas, pero no sé qué es. Ocultas una parte de ti a todo el mundo, incluso a mí. Es como si no estuvieras conmigo. Tu mente está con otra. —Noah quiso negarlo, pero ella no le creyó.

—Soy una mujer, sé mucho de estas cosas. A veces, cuando me miras, sé que ves a otra persona. Es como si esperaras que ella apareciera por arte de magia y te llevara lejos de todo esto...

Un mes después, la chica fue a verlo al trabajo y le dijo que había conocido a otro. Noah lo entendió. Se separaron como amigos, y al año siguiente ella le envió una postal diciéndole que se había casado. No volvió a saber de ella desde entonces.

Mientras estuvo en Nueva Jersey, visitaba a su padre una vez al año, para Navidad. Pescaban, charlaban y de vez en cuando hacían una escapada a la costa y acampaban en las Outer Banks, cerca de Ocracoke.

En diciembre de 1941, cuando tenía veintiséis años, estalló la guerra, tal como había predicho Goldman. Un mes después, Noah entró en su despacho e informó a Goldman de sus intenciones de alistarse, y luego volvió a New Bern a despedirse de su padre. Cinco semanas más tarde estaba en el campo de entrenamiento de reclutas. Allí recibió una carta de Goldman dándole las gracias por su trabajo, y adjuntando un documento que le daba derecho a un pequeño porcentaje de la chatarrería en caso de que ésta se vendiera alguna vez.

"No podría haberlo conseguido sin ti", decía la

carta. "A pesar de no ser judío, eres el mejor empleado que he tenido."

Pasó los tres años siguientes en el tercer regimiento de Patton, recorriendo los desiertos del norte de África y los bosques europeos con quince kilos a la espalda; su unidad de infantería siempre estaba cerca de la acción. Vio morir a sus amigos y asistió al entierro de varios de ellos a miles de kilómetros de la patria. En una ocasión, cuando estaba oculto en una trinchera en las cercanías del Rin, le pareció ver a Allie velando por él.

Recordó el final de la guerra en Europa y, unos meses más tarde, en Japón. Poco antes de que lo licenciaran, recibió una carta de un abogado de Nueva Jersey que representaba a Morris Goldman. Cuando se reunió con el abogado, descubrió que Goldman había muerto un año antes y que sus bienes habían sido liquidados. El negocio se había vendido, y Noah recibió un cheque por casi setenta mil dólares. Inexplicablemente, el hecho no lo conmovió.

Una semana después regresó a New Bern y compró la casa. Recordaba que más tarde había llevado a su padre a verla contándole sus planes y señalando las reformas que se proponía hacer. Su padre estaba débil, tosía y respiraba agitadamente. Noah se inquietó, pero el anciano le aseguró que no debía preocuparse, que sólo tenía gripe.

Antes que transcurriera un mes, murió de neumonía y fue enterrado junto a su esposa en el cementerio local. Noah le llevaba flores con regularidad y de vez en cuando le dejaba una nota. Todas las noches dedicaba un momento a recordarlo y luego rezaba una oración por el hombre que le había enseñado todo lo importante de la vida.

Después de enrollar el sedal, guardó los aparejos de pesca y volvió a la casa. Su vecina, Martha Shaw, estaba allí para darle las gracias. Le llevaba unas galletas y tres hogazas de pan casero en reconocimiento por su ayuda. Su marido había muerto en la guerra, dejándola con tres hijos y una ruinosa casa donde criarlos. Se acercaba el invierno, y la semana anterior Noah había pasado varios días en casa de Martha, reparando el techo, cambiando los vidrios rotos de las ventanas, sellando los demás y arreglando la cocina de leña. Con suerte, sería suficiente para que salieran adelante.

Cuando Martha se marchó, Noah subió a su desvencijada camioneta Dodge y fue a ver a Gus. Siempre pasaba por allí cuando iba al negocio, porque la familia de Gus no tenía coche. Una de las hijas subió a la camioneta e hicieron compras en el almacén de comestibles Capers. Cuando llegó a casa, no guardó la compra de inmediato. Se duchó, tomó una cerveza y un libro y fue a sentarse en el porche.

Allie aún no lo podía creer, aunque tenía la prueba en las manos.

La había encontrado en el diario tres domingos antes, en casa de sus padres. Había ido a la cocina a buscar una taza de café, y al regresar a la mesa, su padre le sonreía, enseñándole una pequeña fotografía.

—¿Te acuerdas de esto?

Le pasó el diario y, después de una primera mirada indiferente, algo en la fotografía captó su atención y la hizo fijarse mejor.

—No puede ser —murmuró. Su padre la miró con curiosidad, pero ella no le hizo caso. Se sentó y leyó el artículo en voz baja.

Recordaba vagamente que su madre se había sentado frente a ella, y que, cuando por fin dejó el diario, la miraba con la misma expresión de su padre unos minutos antes.

—¿Te sientes bien? —preguntó su madre por encima de la taza de café—. Estás pálida.

No pudo responder de inmediato, y se percató de que le temblaban las manos. Entonces había empezado todo.

—Y aquí terminará, de una forma u otra —murmuró otra vez. Volvió a doblar el recorte y lo puso en su sitio, recordando que aquel día se había llevado el diario de casa de sus padres para recortar el artículo. Había vuelto a leerlo por la noche, antes de acostarse, buscando un sentido a la coincidencia, y también a la mañana siguiente, para convencerse de que no se trataba de un sueño. Ahora, después de tres semanas de largas caminatas a solas, después de tres semanas de confusión, ese artículo la había empujado allí.

Cuando la interrogaban, atribuía su extraña conducta al estrés. Era la excusa perfecta; todo el mundo lo entendía, incluido Lon, que por eso no había puesto ninguna objeción cuando ella dijo que necesitaba marcharse un par de días. La organización de la boda era causa de estrés para todos los interesados. Habían invitado a quinientas personas, entre ellas al gobernador, a un senador y al embajador del Perú. En su opinión, era demasiado, pero su compromiso acaparaba las páginas de sociedad de todas las publicaciones desde el día en que anunciaron la boda, seis meses antes. A veces tenía la tentación de huir con Lon y casarse en secreto, sin tanto alboroto. Pero sabía que él no lo aceptaría; como buen aspirante a político, le encantaba ser el centro de atención.

Respiró hondo y volvió a ponerse de pie.

—Ahora o nunca —murmuró, tomó sus cosas y se dirigió a la puerta. Se detuvo un instante antes de abrirla y bajar al vestíbulo. El gerente del hotel le sonrió al pasar, y sintió sus ojos clavados en su espalda mientras salía en dirección al coche. Se sentó al volante, se echó un último vistazo en el retrovisor, puso el coche en marcha y giró a la derecha por la calle principal.

No la sorprendió la claridad con que recordaba las calles del pueblo. Aunque hacía años que no iba por allí, era un sitio pequeño y resultaba fácil orientarse. Después de cruzar el río Trent por un anticuado puente levadizo, giró por un camino de grava e inició el último tramo del viaje.

El paisaje era hermoso, como siempre. A diferencia de la zona de Piedmont, donde se había criado, el terreno era llano, pero tenía el mismo suelo fértil, húmedo, ideal para el cultivo del algodón y el tabaco. Esos dos cultivos y la madera eran la principal fuente de riqueza de esa parte del Estado; y mientras se alejaba del pueblo, admiró la belleza que en un pasado lejano había atraído a esa región a los primeros colonos.

Para ella, nada había cambiado. La luz del Sol se filtraba entre las ramas de los robles y los nogales de tres metros de altura, iluminando los colores del otoño. A su izquierda, un río del color del acero giraba hacia la carretera y luego hacia el lado contrario, antes de morir en otro río más caudaloso, a un kilómetro y medio de allí. El camino de grava también seguía un curso sinuoso entre fincas construidas antes de la guerra civil, y Allie sabía que para algunos de los granjeros la vida no había cambiado desde la época de sus abuelos. La inmutabilidad del paisaje desató un torrente de recuerdos, y Allie sintió un nudo en el estómago al reconocer, uno a uno, los lugares que creía olvidados.

El Sol se alzaba a la izquierda, sobre las copas de los árboles, y al torcer por una curva pasó junto a una vieja iglesia, abandonada desde hacía años, pero todavía en pie. Aquel verano la había explorado en busca de vestigios de la Guerra Civil, y al pasar junto a ella, los recuerdos de aquel día se hicieron más vivos, como si sólo hubieran pasado veinticuatro horas.

Poco después avistó un majestuoso roble a orillas del río, y los recuerdos se intensificaron. Tenía el mismo aspecto de entonces: las ramas bajas y gruesas se extendían horizontalmente, paralelas al suelo, envueltas en un velo de musgo negro. Recordó un caluroso día de julio, cuando estaba sentada debajo de aquel árbol junto a alguien que la miraba con una pasión capaz de hacerle olvidar el resto del mundo. Entonces se había enamorado por primera vez.

Él tenía dos años más que ella, y mientras conducía por la carretera en una especie de viaje en el tiempo, su imagen se volvió nítida otra vez. Entonces había pensado que aparentaba más años de los que tenía. Su aspecto era el de un hombre ligeramente curtido, como un campesino que vuelve a casa después de muchas horas en el campo. Tenía las manos encallecidas y los hombros fornidos de los que trabajan duro para ganarse la vida, y finas arrugas incipientes comenzaban a dibujarse alrededor de aquellos ojos que parecían leer todos sus pensamientos.

Era alto, fuerte, atractivo a su manera, y tenía el cabello castaño claro, pero lo que mejor recordaba era su voz. Aquel día había leído para ella; mientras estaba tendida en la hierba a la sombra del árbol, le había leído con una voz suave y fluida, casi musical. Era una voz digna de un locutor de radio, y cuando leía, parecía quedar suspendida en el aire. Recordó que había cerrado los ojos, escuchando con atención, permitiendo que las palabras llegaran a su alma:

Me atrae, lisonjero, hacia la niebla, hacia el crepúsculo.
Me alejo como el viento, sacudo mis blancos rizos bajo el sol fugitivo...

Hojeaba libros viejos, con las puntas de las páginas gastadas y dobladas, libros que había leído centenares de veces. Después de leer un rato, hacía una pausa para charlar. Ella le confiaba sus deseos —sus esperanzas y aspiraciones para el futuro—, él escuchaba con atención y prometía hacer todo lo posible para que sus sueños se hicieran realidad. Lo decía de tal forma que era imposible ponerlo en duda, y ya entonces sospechaba cuánto significaría aquel muchacho en su vida. Ocasionalmente, cuando ella lo interrogaba, él hablaba de sí mismo, o le explicaba por qué había elegido un poema en particular y qué pensamientos le inspiraba; otras veces se limitaba a mirarla con su habitual intensidad.

Aquel día contemplaron la puesta de Sol y cenaron bajo las estrellas. Se hacía tarde, y ella sabía que sus padres se pondrían furiosos si descubrían dónde había estado. Pero en aquel momento no le importaba. Sólo podía pensar en lo especial que había sido el día, en lo especial que era él. Unos minutos después, mientras la acompañaba a casa, el chico le dio la mano y su calidez la abrigó durante todo el camino.

Después de otra curva, finalmente vio la casa. Había cambiado radicalmente. Al aproximarse redujo la velocidad y giró por el largo camino de tierra, flanqueado de árboles, que la conduciría a su norte, al faro que la había convocado desde Raleigh.

Condujo despacio, mirando la casa, y cuando lo vio en el porche, con la vista fija en el coche, respiró hondo. Llevaba ropas informales. Desde esa distancia, se lo veía exactamente igual que entonces. Por un instante, con la luz del Sol a su espalda, su silueta pareció desdibujarse y fundirse con el paisaje.

El coche continuó avanzando lentamente y por fin se detuvo debajo de un roble que arrojaba su sombra sobre la parte delantera de la casa. Giró la llave del coche sin quitarle los ojos de encima, y el motor paró con un chasquido entrecortado.

Él salió del porche y se aproximó a ella, andando con aire despreocupado, pero se detuvo en seco al verla bajar del coche. Durante un largo instante no hicieron más que mirarse el uno al otro sin moverse.

Allison Nelson, ventinueve años, prometida para casarse, una mujer de la alta sociedad en busca de respuestas, y Noah Calhoun, treinta y un años, un soñador visitado por el fantasma que había llegado a dominar su vida.

El reencuentro

Ninguno de los dos se movió mientras se contemplaban.

Él no había dicho nada, sus músculos parecían paralizados, y por un momento ella pensó que no la había reconocido. Se sintió súbitamente culpable por aparecer de ese modo, sin avisar, y el sentimiento de culpa dificultó aún más las cosas. Había pensado que resultaría más sencillo, que sabría qué decir. Pero no fue así. Las únicas palabras que se le ocurrían parecían inapropiadas, insuficientes.

Evocó el verano que habían pasado juntos y, mientras lo miraba, reparó en lo poco que había cambiado desde su último encuentro. Pensó que tenía buen aspecto. La camisa holgada, metida en los viejos vaqueros desteñidos, dejaba entrever los mismos hombros corpulentos que recordaba, un torso que se afilaba progresivamente hacia unas caderas estrechas y un vientre plano. También estaba bronceado, como si hubiera trabajado al sol todo el verano, y aunque su cabello parecía algo más ralo y claro de lo que recordaba, tenía el mismo aspecto que la última vez que lo había visto.

Cuando por fin se sintió en condiciones de hablar, respiró hondo y sonrió.

—Hola, Noah. Me alegro de volver a verte.

Sus palabras lo sobresaltaron y la miró con asombro. Luego, después de sacudir ligeramente la cabeza, esbozó una sonrisa lenta.

—Yo también me alegro... —balbuceó. Se llevó una mano a la barbilla y Allie notó que no se había afeitado—. Eres tú, ¿verdad? No puedo creerlo...

Allie oyó la emoción en su voz y, sorprendentemente, todo pareció encajar: su presencia allí, su necesidad de verlo. Sintió una extraña emoción, una emoción profunda y antigua, que le produjo un mareo momentáneo.

Se esforzó por mantener el control. No esperaba, no quería, sentirse de aquel modo. Estaba prometida. No había ido allí para revivir viejos sentimientos... aunque...

Aunque...

La emoción la embargó, a pesar de sí misma, y por un instante volvió a tener quince años. Sintió lo que no había sentido en mucho tiempo, como si sus sueños aún pudieran hacerse realidad.

Como si por fin hubiera vuelto a casa.

Sin mediar otra palabra, se acercaron, y Noah la rodeó con sus brazos y la estrechó contra su cuerpo como si eso fuera lo más natural del mundo. Se abrazaron con fuerza, dando visos de realidad a la situación, dejando que los catorce años de separación se disolvieran en la luz mortecina del crepúsculo.

Permanecieron largo rato así, hasta que ella retrocedió para mirarlo. A tan corta distancia, vio los cambios que no había notado anteriormente. Ahora era todo un hombre, y su rostro había perdido la tersura de la juventud. Las finas arrugas que rodeaban sus ojos se habían acentuado y tenía una cicatriz en la barbilla que antes no estaba allí. Tenía un aire distinto; parecía menos inocente, más suspicaz, y sin embargo, la forma en que la abrazaba demostraba cuánto la había echado de menos desde la última vez que se habían visto.

Los ojos de Allie se llenaron de lágrimas, y por fin ella y Noah se separaron. Ella dejó escapar una risita queda y nerviosa mientras se secaba las lágrimas.

—¿Estás bien? —preguntó él, con otras mil preguntas en la cara.

—Lo siento. No quería llorar...

—No te preocupes —respondió Noah con una sonrisa—. Todavía no puedo creer que estés aquí. ¿Cómo me has encontrado?

Allie retrocedió, esforzándose por recuperar la compostura y secándose las últimas lágrimas.

—Hace dos semanas leí un artículo sobre la casa en el diario de Raleigh y supe que debía venir a verte.

La sonrisa de Noah se ensanchó.

—Me alegro de que lo hicieras. —Retrocedió unos pasos—. ¡Bueno! Tienes un aspecto fantástico. Estás incluso más hermosa que hace años.

Allie se ruborizó. Igual que catorce años antes.

—Gracias. Tú también estás muy bien. —Y era verdad, no cabía duda. Los años habían sido bondadosos con él.

—¿Qué ha sido de tu vida? ¿Qué haces aquí?

Sus preguntas la devolvieron al presente, le hicieron tomar conciencia de lo que podría suceder si no tuviera cuidado. No dejes que la situación se te escape de las manos, se dijo, y cuando por fin habló, lo hizo en voz baja:

—Noah, antes que te hagas una idea equivocada, quiero que sepas que quería verte otra vez, pero que también hay algo más. —Hizo una breve pausa. —Tenía otra razón para venir aquí. Debo decirte algo.

—¿Qué?

Ella apartó la vista y tardó en responder, sorprendida de su incapacidad para contestar de inmediato. En el silencio, Noah sintió un nudo de miedo en el estómago. Lo que fuera que tuviera que decirle era malo.

—No sé cómo decirlo. Pensé que podría hacerlo, pero ahora no estoy segura...

De repente, el agudo chillido de un mapache sacudió el aire, y Clem salió del porche, ladrando con furia. Los dos se volvieron y Allie se alegró de la distracción.

—¿Es tuyo? —preguntó.

Noah asintió, sintiendo la tensión en el estómago.

—En realidad es una hembra. Se llama Clementine. Sí, es mía. —Los dos miraron cómo Clem sacudía la cabeza, se estiraba y caminaba en dirección a los ruidos. Los ojos de Allie se agrandaron ligeramente al verla cojear.

—¿Qué le pasó en la pata? —preguntó haciendo tiempo.

—Hace unos meses la atropelló un coche. El doctor Harrison, el veterinario, me llamó para ofrecérmela porque su dueño ya no la quería. Cuando vi lo que le había pasado, no pude dejarla librada a su suerte.

—Siempre has sido bondadoso —dijo ella, tratando de relajarse. Hizo una pausa y miró más allá de él, hacia la casa. —Has hecho un excelente trabajo de restauración. Ha quedado perfecta, tal como imaginé que quedaría algún día.

Noah volvió la cabeza en la misma dirección mientras especulaba sobre el motivo de aquellos comentarios triviales, sobre la noticia que Allie se resistía a darle.

—Gracias, eres muy amable. Sin embargo, ha sido difícil. No sé si volvería a hacerlo.

—Claro que volverías a hacerlo —repuso Allie. Conocía muy bien los sentimientos de Noah hacia aquella casa. En realidad, conocía muy bien sus sentimientos hacia todo... o al menos así había sido mucho tiempo atrás.

Con ese pensamiento tomó conciencia de cuántas cosas habían cambiado desde entonces. Ahora eran extraños; bastaba con mirarlo para convencerse de ello. Bastaba con mirarlo para comprender que catorce años eran mucho tiempo. Demasiado.

—¿Qué pasa, Allie? —Se volvió hacia ella, obligándola a sostener su mirada, pero Allie siguió mirando fijamente la casa.

—Me comporto como una tonta, ¿verdad? —preguntó, esforzándose por sonreír.

—¿A qué te refieres?

—A todo esto. Al hecho de aparecer de la nada, sin saber siquiera qué decir. Debes de creer que estoy loca.

—No estás loca —repuso él con ternura. Le buscó la mano y Allie permitió que la estrechara mientras seguían de pie, uno junto al otro. Finalmente, Noah añadió: —Aunque ignoro la razón, veo que ésta es una situación difícil para ti. ¿Por qué no damos un paseo?

—¿Como en los viejos tiempos?

—¿Por qué no? Creo que nos hará bien a los dos.

Allie vaciló un momento y miró hacia la puerta principal de la casa.

—¿Tienes que avisar a alguien?

Noah negó con la cabeza.

—No, no hay nadie más. Sólo Clem y yo.

A pesar de su pregunta, Allie ya sospechaba que no había nadie más, y en el fondo no sabía qué sentir al respecto. Sin embargo, la certeza hizo que lo que tenía que decir resultara aún más difícil. La existencia de otra persona le habría facilitado las cosas.

Caminaron hacia el río y giraron por un camino cercano a la orilla. Allie le soltó la mano, sorprendiéndolo, y caminó a una distancia prudencial, como si quisiera evitar cualquier roce accidental.

Noah la miró. Seguía siendo preciosa, con su abundante cabellera y sus ojos tiernos, y se movía con tanta gracia que casi parecía que flotara. Había visto mujeres hermosas, mujeres que llamaban la atención, pero en su opinión siempre carecían de los atributos que él encontraba más deseables. Atributos como inteligencia, seguridad, fortaleza de espíritu, pasión; atributos que habían inspirado la grandeza de otros hombres, atributos que él deseaba para sí.

Allie tenía esos atributos, Noah lo sabía, y ahora, mientras caminaban lado a lado, los adivinó una vez más, ocultos bajo la superficie. "Un poema viviente" eran las palabras que siempre acudían a su mente cuando intentaba describir a Allie.

—¿Cuánto hace que estás aquí? —preguntó ella mientras ascendían por una cuesta cubierta de hierba.

—Desde diciembre del año pasado. Trabajé un tiempo en el norte y pasé los últimos tres años en Europa.

Ella le dirigió una mirada inquisitiva.

—¿En la guerra? —Noah asintió y Allie prosiguió: —Supuse que habrías ido. Celebro que hayas regresado sano y salvo.

Yo también —respondió Noah.

¿Te alegras de haber vuelto a casa?

Sí. Mis raíces están aquí. Aquí es donde debo estar. —Hizo una pausa. —Pero, ¿qué me dices de ti? preguntó en voz baja, sospechando lo peor.

Ella tardó en responder.

—Estoy prometida para casarme.

Al oírla, Noah bajó la vista y se sintió súbitamente débil. Conque era eso. Eso era lo que tenía que decirle.

—Enhorabuena —dijo, preguntándose si sonaría convincente—. ¿Cuándo es el gran día?

—En tres semanas a partir del sábado. Lon quería que la boda se celebrara en noviembre.

—¿Lon?

—Lon Hammond junior, mi prometido.

Noah asintió sin sorpresa. Los Hammond era una de las familias más poderosas e influyentes del Estado. Habían amasado una fortuna cultivando algodón. La muerte de su padre había pasado inadvertida, pero la del viejo Lon Hammond había acaparado los titulares de los periódicos.

—He oído hablar de ellos. Su padre tenía una empresa importante. ¿Lon ha tomado el relevo?

Allie negó con la cabeza.

—No. Es abogado. Tiene su estudio en el centro.

—Con ese apellido, debe de tener mucha clientela.

—Sí. Trabaja mucho.

Le pareció oír algo raro en su tono, y la siguiente pregunta surgió espontáneamente:

—¿Te trata bien?

Allie no respondió de inmediato, como si fuera la primera vez que pensaba en ello. Por fin dijo:

—Sí. Es un buen hombre, Noah. Te caería bien.

51

Su voz sonaba distante, o al menos eso le pareció a Noah. Se preguntó si sería realmente así, o si su imaginación le estaría jugando una mala pasada.

—¿Cómo está tu padre? —preguntó Allie.

Noah dio un par de pasos más antes de responder.

—Murió a principios de este año, poco después de mi regreso.

—Lo lamento —dijo ella en voz baja, sabiendo cuánto lo quería Noah.

Él asintió y los dos caminaron en silencio durante unos instantes.

Al llegar a lo alto de la colina, se detuvieron. El roble había quedado lejos y el Sol brillaba detrás de él con un resplandor naranja.

Mientras miraba en esa dirección, Allie sintió los ojos de Noah fijos en ella.

—Ese roble guarda muchos recuerdos, Allie.

Ella sonrió.

—Lo sé. Me fijé en él al llegar. ¿Recuerdas el día que pasamos a su sombra?

—Sí —respondió él sin añadir nada más.

—¿Piensas en ello alguna vez?

—A veces. Sobre todo cuando trabajo por los alrededores. Ahora el árbol está en mis tierras.

—¿Las compraste?

—No podía soportar la idea de que lo convirtieran en armarios de cocina.

Allie rió quedamente, sintiéndose extrañamente complacida por la noticia.

—¿Todavía lees poesía?

Noah asintió con un gesto.

—Sí. Nunca dejé de hacerlo. Supongo que lo llevo en la sangre.

—¿Sabes que eres el único poeta que he conocido?

—Yo no soy poeta. Leo poesía, pero jamás he podido escribir un solo verso. Y no porque no lo haya intentado.

—Aun así eres un poeta, Noah Taylor Calhoun. —Su voz se suavizó. —Muchas veces pienso en eso. Fue la primera vez que alguien me leyó poesía. En realidad, fue la única vez.

Ese comentario les hizo recordar, volver atrás en el tiempo, mientras regresaban lentamente a la casa, dando un rodeo por un camino que pasaba cerca del embarcadero. Mientras el Sol seguía su curso descendente, tiñendo el cielo de naranja, Noah preguntó:

—¿Cuánto tiempo te quedas?

—No lo sé. No mucho. Quizás hasta mañana o pasado mañana.

—¿Tu novio está en el pueblo por cuestiones de trabajo?

Allie sacudió la cabeza.

—No. Está en Raleigh.

Noah arqueó las cejas.

—¿Sabe que estás aquí?

Ella volvió a sacudir la cabeza y respondió despacio.

—No. Le dije que iba a comprar antigüedades. No entendería mi presencia aquí.

La respuesta sorprendió ligeramente a Noah. Una cosa era que fuera a visitarlo, y otra muy distinta que ocultara la verdad a su novio.

—No necesitabas venir hasta aquí para decirme que estabas prometida. Podrías haber escrito o telefoneado.

—Lo sé. Pero tenía que decírtelo personalmente.

—¿Por qué?

Allie titubeó.

—No lo sé... —dijo arrastrando las palabras, y su forma de decirlo hizo que él le creyera.

Dieron varios pasos en silencio, mientras la grava del camino crujía bajo sus pies. Por fin Noah preguntó:

—¿Lo amas, Allie?

Ella respondió mecánicamente:

—Sí, lo amo.

La confirmación le dolió, pero una vez más Noah creyó notar algo extraño en su tono, como si estuviera intentando convencerse a sí misma. Se detuvo y le apoyó las manos en los hombros, obligándola a mirarlo. Mientras Noah hablaba, la luz mortecina del Sol se reflejó en los ojos de Allie.

—Allie, si eres feliz y lo amas, no voy a impedirte que vuelvas con él. Pero si no estás totalmente segura, no lo hagas. En esta clase de asuntos, no se puede ir con medias tintas.

Ella se apresuró, quizá demasiado, a responder.

—He tomado la mejor decisión, Noah.

Él la miró fijamente durante un segundo, sin saber si creerle o no. Luego asintió y los dos comenzaron a andar otra vez. Después de un momento, Noah dijo:

—No te estoy facilitando las cosas, ¿verdad?

Allie esbozó una sonrisa.

—No te preocupes. No te culpo.

—De todos modos lo lamento.

—No lo hagas. No hay razón para lamentarse. Soy yo quien debería disculparse. Tal vez debí escribirte.

Noah sacudió la cabeza.

—Si quieres que te sea franco, me alegro de que hayas venido. A pesar de todo. Es maravilloso volver a verte.

—Gracias, Noah.

—¿Crees que sería posible volver a empezar?

Allie lo miró con curiosidad.

—Eres la mejor amiga que he tenido. Me gustaría que continuáramos siendo amigos, aunque estés prometida y aunque sólo vayas a quedarte un par de días. ¿Qué te parece si volvemos a conocernos?

Allie pensó, pensó en la conveniencia de quedarse o marcharse, y decidió que, puesto que Noah estaba al tanto de su compromiso, todo iría bien. O por lo menos no iría mal. Sonrió vagamente y asintió.

—Me gusta la idea.

—Muy bien. ¿Qué tal si cenamos juntos? Conozco un sitio donde hacen el mejor cangrejo del pueblo.

—Suena bien. ¿Dónde está?

—En mi casa. He tenido trampas puestas durante toda la semana, y hace un par de días vi que había atrapado un par de ejemplares excelentes. ¿Te importa?

—No. Me parece muy bien.

Noah sonrió y señaló con el pulgar por encima de su hombro.

—Genial. Están en el embarcadero. Vuelvo en dos minutos.

Allie lo miró alejarse y notó que el nerviosismo que la había invadido al hablar de su compromiso comenzaba a desvanecerse. Cerró los ojos, se pasó las manos por el pelo y dejó que la brisa le refrescara las mejillas. Respiró hondo y contuvo el aire un momento, relajando los músculos de los hombros mientras exhalaba. Finalmente abrió los ojos y admiró la belleza que la rodeaba.

Siempre había amado los atardeceres como aquel, cuando los vientos del sur llevan consigo el tenue aroma de las hojas de otoño. La fascinaban los árboles, el susurro de sus hojas en la brisa. Oírlo la ayudó a relajarse aún más. Un momento después, se volvió hacia Noah y lo miró como si no lo conociera. ¡Cielos, tenía un aspecto excelente!, incluso después de tantos años. Observó cómo recogía una soga tendida sobre el agua. Comenzó a tirar y, a pesar de la creciente oscuridad del cielo, Allie reparó en los músculos de su brazo mientras sacaba una jaula del agua. La sujetó sobre el río durante unos instantes y la sacudió, dejando escapar la mayor parte del agua. Tras apoyar la trampa en el embarcadero, la abrió y comenzó a sacar los cangrejos uno a uno, metiéndolos en un balde.

Allie fue a su encuentro, escuchando el canto de los grillos, y recordó una lección de la infancia. Contó el número de sonidos en un minuto y restó veintitrés. Diecinueve grados, pensó mientras sonreía para sí. No sabía si su cálculo era exacto, pero parecía bastante aproximado.

Mientras caminaba, miró alrededor y pensó que casi había olvidado el frescor y la belleza de esos parajes. Por encima de su hombro vio la casa a lo lejos. Noah había dejado un par de luces encendidas y parecía la única vivienda en los alrededores. Por lo menos la única con electricidad. Allí, lejos de la ciudad, todo era posible. Miles de casas de campo todavían carecían del lujo de la iluminación eléctrica.

Subió al embarcadero, que crujió bajo sus pies. El sonido le recordó al de un patito de goma, aunque con el orificio del sonido oxidado. Noah alzó la vista, le hizo un guiño y continuó examinando los cangrejos, comprobando que tuvieran el tamaño adecuado. Allie se acercó a la mecedora que había sobre el embarcadero y la tocó, pasando la mano por el respaldo. Imaginó a

56

Noah sentado allí, pescando, leyendo, pensando. La silla estaba vieja, castigada por la intemperie, con la madera áspera. Se preguntó cuánto tiempo pasaría allí solo y especuló sobre lo que pensaría en esos momentos.

—Era la mecedora de mi padre —le informó Noah sin levantar la vista, y Allie asintió. Había murciélagos en el cielo y las ranas se habían sumado al concierto nocturno de los grillos.

Cruzó el embarcadero con la sensación de que una etapa de su vida llegaba a su fin. Un impulso irresistible la había llevado hasta allí y, por primera vez en tres semanas, la ansiedad había desaparecido. Necesitaba que Noah supiera lo de su compromiso, que lo comprendiera y lo aceptara —ahora estaba segura de ello—, y pensando en él, recordó algo que habían compartido en su verano juntos. Se paseó por el embarcadero con la cabeza gacha, buscando una talla... hasta que la encontró. *Noah quiere a Allie* dentro de un corazón. Tallado en el embarcadero pocos días antes que ella se marchara.

Una brisa suave rompió la quietud y le hizo sentir frío, obligándola a cruzar los brazos. Permaneció allí de pie, mirando alternativamente la talla y luego el río, hasta que oyó que Noah se acercaba. Le habló, consciente de su proximidad, de su calor.

—Esto es tan tranquilo... —dijo con voz soñadora.

—Lo sé. Vengo aquí a menudo, sólo para estar cerca del agua. Me relaja.

—Yo también lo haría en tu lugar.

—Bueno, vámonos. Los mosquitos se están ensañando, y estoy muerto de hambre.

El cielo se había teñido de negro. Noah comenzó a andar hacia la casa, con Allie a su lado. Mientras caminaban en silencio, la mente de ella comenzó a vagar, y se sintió confusa. Se preguntó qué pensaría él de su presencia allí, aunque no estaba muy segura de lo que pensaba ella misma. Al cabo de unos minutos, cuando llegaron a la casa, Clem la saludó metiendo su hocico húmedo en el lugar menos indicado. Noah la ahuyentó y la perra se marchó con el rabo entre las patas.

Luego señaló el coche.

—¿Has dejado algo allí que vayas a necesitar?

—No. Ya saqué mis cosas antes. —Su voz sonó extraña a sus propios oídos, como si hubiera vuelto atrás en el tiempo.

—Bien —dijo Noah, llegó al porche trasero y comenzó a subir los peldaños.

Dejó el balde junto a la puerta, y la guió adentro, hacia la cocina. Estaba inmediatamente a la derecha, una habitación amplia con olor a madera. Los armarios y el piso eran de roble, y las grandes ventanas daban al este, para que entrara la luz del amanecer. La reforma estaba hecha con gusto, sin recargar la decoración, un error bastante común en la restauración de las casas antiguas.

—¿Puedo echar un vistazo?

—Sí; adelante. Hice las compras hace un rato y todavía tengo que poner las cosas en su sitio.

Sus ojos se encontraron durante un segundo, y aunque Allie se dio vuelta, supo que él la seguía con la mirada mientras salía de la habitación. Volvió a embargarla una extraña emoción.

Dedicó los minutos siguientes a recorrer la casa, a pasearse por las habitaciones y admirar su belleza.

Cuando terminó, le costaba recordar lo deteriorado que había estado el lugar. Bajó la escalera, giró hacia la cocina y vio el perfil de Noah. Por un fugaz instante, volvió a verlo como si tuviera diecisiete años, y se detuvo un momento antes de entrar. Maldita sea, contrólate, se dijo. Recuerda que ahora estás prometida.

Noah estaba de pie junto al mármol de la cocina, silbando con aire despreocupado. Las puertas de dos armarios estaban abiertas de par en par y había unas cuantas bolsas de compras vacías en el suelo. Le sonrió y guardó varias latas en un armario. Allie se detuvo a unos metros de él y se apoyó en el mármol, cruzando las piernas. Sacudió la cabeza, maravillada por la magnitud del trabajo realizado por Noah en la casa.

—Es increíble, Noah. ¿Cuánto tiempo duró la reforma?

Él levantó la vista de la última bolsa que quedaba por vaciar.

—Casi un año.

—¿Lo hiciste todo solo?

—No —respondió con una risita—. Cuando era adolescente, pensé que lo haría, y empecé con esa idea. Pero era demasiado. Habría tardado años, así que contraté a algunas personas... en realidad, a un montón de personas. Pero así y todo, trabajé mucho, y casi nunca terminaba hasta medianoche.

—¿Por qué te esforzaste tanto?

Por los fantasmas, hubiera querido decir, pero no lo hizo.

—No lo sé. Supongo que quería terminar de una vez. ¿Quieres beber algo antes de que empiece a preparar la cena?

—¿Qué tienes?

—No gran cosa. Cerveza, té, café.

—Un té me parece bien.

Noah recogió las bolsas de las compras y las guardó, luego entró en una pequeña habitación trasera pegada a la cocina y regresó con una caja de té. Sacó un par de saquitos, los dejó junto a la cocina, y llenó la tetera. Después de ponerla sobre la hornalla, encendió un fósforo, y Allie oyó el sonido de las llamas al cobrar vida.

—Estará listo en un minuto —aseguró él—. Esta cocina es bastante rápida.

—Muy bien.

Cuando la tetera silbó, Noah sirvió un par de tazas y le pasó una a Allie.

Ella sonrió y bebió un sorbo, luego señaló la ventana con la barbilla.

—Apuesto a que la cocina queda preciosa a la luz de la mañana.

—Así es. Precisamente por eso hice instalar ventanas más grandes de este lado de la casa. También en las habitaciones del primer piso.

—Estoy segura de que tus invitados te lo agradecerán. A menos que les guste dormir hasta tarde, desde luego.

—En realidad, todavía no he invitado a nadie a pasar la noche. Desde que murió mi padre, no tengo a quien invitar.

Por su tono, Allie supo que sólo intentaba entablar conversación. Sin embargo, por alguna razón, sus palabras la hicieron sentir... sola. Noah pareció advertir sus sentimientos, pero cambió de tema sin darle tiempo a pensar.

—Voy a dejar los cangrejos unos minutos en adobo

antes de cocinarlos al vapor —dijo, dejando la taza sobre la mesada. Abrió un armario y sacó una cacerola grande con tapa y una rejilla para cocinar al vapor. La llevó a la pileta, la llenó hasta la mitad de agua y la puso sobre la cocina.

—¿Te doy una mano?

Noah volvió la cabeza y respondió por encima del hombro.

—Bueno. ¿Por qué no cortas algunas verduras para freír? Hay muchas en la heladera. Allí encontrarás un bol.

Señaló el armario más cercano a la pileta. Allie bebió otro sorbo de té, dejó la taza en la mesada y sacó el bol. Lo llevó a la heladera, en cuyo estante inferior encontró quingombó, zapallitos, cebollas y zanahorias. Noah se puso a su lado frente a la puerta abierta y ella se movió para hacerle sitio. Aspiró su olor —característico, agradable, familiar— y sintió el roce de su brazo contra el suyo mientras se inclinaba para sacar algo del interior de la heladera. Noah sacó una cerveza y un frasco de salsa picante y regresó junto a la cocina.

Abrió la cerveza y la vertió en el agua de la olla, añadió un poco de salsa picante y algunas especias. Después de remover el líquido para asegurarse de que las especias se disolvieran, fue a buscar los cangrejos a la puerta trasera.

Antes de volver a entrar, se detuvo un momento y observó a Allie, que estaba cortando las zanahorias. Entonces volvió a preguntarse por qué habría ido a verlo, sobre todo ahora que estaba prometida. Su visita no parecía tener sentido.

Pero, por otra parte, Allie siempre había sido imprevisible.

Sonrió para sí, recordando cómo era en el pasado. Vehemente, espontánea, apasionada, tal como él imaginaba a la mayoría de los artistas. Y sin lugar a dudas ella lo era. Un talento artístico como el de Allie era un don del cielo. Recordó que había visto muchos cuadros en los museos de Nueva York, y que su obra no tenía nada que envidiarles.

Aquel verano, Allie le había regalado un cuadro antes de marcharse. Estaba colgado en el living-room, encima de la chimenea. Ella había dicho que era un retrato de sus sueños, y a Noah le parecía extremadamente sensual. Cuando lo miraba, cosa que hacía a menudo por las noches, veía deseo en los colores y las líneas, y si se concentraba, podía imaginar lo que ella había pensado al hacer cada trazo.

Un perro ladró a lo lejos y Noah se dio cuenta de que hacía largo rato que tenía la puerta abierta. La cerró rápidamente y volvió a la cocina. Mientras entraba, se preguntó si Allie habría reparado en su larga ausencia.

—¿Qué tal? —preguntó al ver que casi había terminado.

—Bien. Esto está casi listo. ¿Hay algo más para cenar?

—Había pensado en acompañar la comida con un poco de pan casero.

—¿Casero?

—Sí, hecho por una vecina —respondió mientras ponía el balde en la pileta de la cocina. Abrió la canilla y comenzó a lavar los cangrejos uno a uno. Los sujetaba debajo del chorro de agua, y luego los dejaba caminar por la pileta mientras enjuagaba el siguiente. Allie tomó su taza de té y se acercó a mirar.

—¿No tienes miedo de que te pellizquen cuando los sujetas?

—No. Hay que agarrarlos así —dijo haciendo una demostración, y Allie sonrió.

—Olvidaba que has hecho esto toda tu vida.

—New Bern es un pueblo pequeño, pero aquí aprendes cosas que valen la pena. Allie se apoyó contra la mesada, muy cerca de él, y terminó la taza de té. Cuando los cangrejos estuvieron listos, Noah los echó en la cacerola. Mientras se lavaba las manos, se volvió y le preguntó:

—¿Quieres que nos sentemos un rato en el porche? Voy a dejarlos media hora en remojo.

—Muy bien —respondió ella.

Se secó las manos y salieron juntos al porche trasero. Noah encendió la luz y se sentó en la mecedora más vieja, ofreciendo la más nueva a Allie. Cuando vio que su taza estaba vacía, volvió dentro y reapareció poco después con otra taza de té para Allie y una cerveza para él. Extendió la taza, ella la tomó y bebió un par de sorbos antes de dejarla sobre la mesita, a un lado de las sillas.

—Cuando llegué estabas sentado aquí, ¿verdad?

Noah respondió mientras se acomodaba en la mecedora:

—Sí. Me siento aquí todas las noches. Se ha convertido en un hábito.

—Ya veo por qué —comentó Allie mirando alrededor—. ¿Y a qué te dedicas ahora?

—En realidad, ahora no hago nada más que ocuparme de la casa. Este trabajo satisface todas mis necesidades creativas.

—¿Cómo puedes...? Bueno, quiero decir...

—Morris Goldman.

—¿Qué?

Noah sonrió.

—Mi antiguo jefe en el norte. Se llamaba Morris Goldman. Poco antes que me alistara me ofreció una participación en el negocio, y murió antes que yo volviera a casa. Cuando regresé, su abogado me dio un cheque lo bastante sustancioso como para comprar esta casa y repararla.

Allie rió quedamente.

—Siempre decías que encontrarías la manera de hacerlo.

Los dos guardaron silencio unos minutos, recordando otra vez. Allie bebió un sorbo de té.

—¿Recuerdas que la primera vez que me hablaste de este lugar entramos aquí a escondidas? —Noah asintió y ella continuó: —Aquella noche llegué a casa muy tarde, y mis padres se pusieron furiosos. Todavía puedo ver a mi padre de pie en medio del salón, fumando un cigarrillo, y a mi madre sentada en el sofá, mirando al vacío. Cualquiera hubiera dicho que acababa de morir un pariente cercano. Fue entonces cuando se dieron cuenta de que lo nuestro iba en serio, y mi madre tuvo una larga charla conmigo. Me dijo: "Estoy segura de que piensas que no entiendo lo que te pasa, pero lo entiendo. Sin embargo, nuestro destino se rige por lo que somos, y no por lo que queremos". Recuerdo que me sentí muy ofendida.

—Al día siguiente me lo contaste. También yo me sentí ofendido. Tus padres me caían bien, y no sabía que yo no les gustara.

—No es que no les gustaras. Sencillamente, no les parecías un buen partido para mí.

—No hay mucha diferencia.

Su voz sonó triste, y Allie comprendió que tenía razones para apenarse. Miró las estrellas y se pasó una mano por el pelo, apartando los mechones que habían caído sobre su cara.

—Lo sé. Siempre lo supe. Quizá por eso, cuando hablo con mi madre, siempre tengo la impresión de que hay un abismo entre las dos.

—¿Y qué piensas ahora?

—Lo mismo que entonces. Que se equivocaron, que no era justo. Es horrible para una chica aprender que la posición social es más importante que los sentimientos. —Noah sonrió con ternura, pero no respondió. —No he dejado de pensar en ti desde aquel verano —añadió Allie.

—¿De veras?

—¿Por qué lo dudas? —Allie parecía sinceramente sorprendida.

—Nunca contestaste a mis cartas.

—¿Me escribiste?

—Docenas de cartas. Te escribí durante dos años y nunca recibí contestación.

Ella sacudió la cabeza y bajó la vista.

—No lo sabía... —dijo por fin en voz baja, y Noah supo que la madre de Allie había interceptado la correspondencia, haciendo desaparecer las cartas sin que su hija lo supiera. Siempre lo había sospechado, y ahora notó que Allie acababa de llegar a la misma conclusión.

—Mi madre no debió hacer eso, Noah, y lo lamento. Pero procura entenderla. Cuando me alejé de ti, seguramente creyó que me resultaría más fácil olvidar. Nunca comprendió lo que sentía por ti y, francamente, dudo de que alguna vez haya querido a mi padre como

65

yo te quise a ti. A su manera, sólo intentaba protegerme, y probablemente pensó que esconder tus cartas era la mejor forma de hacerlo.

—No tenía derecho a tomar esa decisión —señaló en voz baja.

—Lo sé.

—¿Crees que si hubieras recibido mis cartas habría cambiado algo?

—Desde luego. Siempre tuve interés por saber qué había sido de tu vida.

—Me refería a nosotros. ¿Crees que habríamos seguido adelante con nuestra relación?

—No lo sé, Noah, y tú tampoco puedes saberlo. Ya no somos los mismos. Hemos madurado, hemos cambiado. Los dos. —Hizo una pausa y miró hacia el río. Luego prosiguió: —Pero sí, creo que habríamos seguido. Al menos, me gusta pensar que sí.

Noah asintió, bajó la vista, y por fin preguntó sin mirarla:

—¿Cómo es Lon?

Allie vaciló; no esperaba esa pregunta. La alusión a su prometido le produjo un ligero sentimiento de culpa, y por un momento no supo qué responder. Tomó la taza, bebió otro sorbo de té, y oyó el lejano golpeteo de un pájaro carpintero. Finalmente respondió en voz baja:

—Lon es atractivo, encantador y próspero. La mayoría de mis amigas están muertas de envidia. Creen que es perfecto, y en cierto modo lo es. Es amable conmigo, me hace reír, y a su manera, me quiere. —Hizo una pequeña pausa para ordenar sus pensamientos. —Sin embargo, creo que en nuestra relación siempre habrá una carencia.

Ella misma se sorprendió de su respuesta, aunque supo que decía la verdad. También supo por la expresión de Noah que había confirmado sus sospechas.

—¿Por qué?

Allie esbozó una sonrisa y se encogió de hombros. Cuando respondió, su voz fue apenas un susurro:

—Supongo que todavía añoro la clase de amor que sentimos aquel verano.

Noah pensó largo rato en esa respuesta, repasando mentalmente las relaciones que había tenido desde que se habían separado.

—¿Y qué me dices de ti? —preguntó Allie—. ¿Alguna vez has pensado en nosotros?

—Todo el tiempo. Todavía lo hago.

—¿Sales con alguien?

—No —respondió sacudiendo la cabeza.

Los dos parecieron pensar en ello, esforzándose en vano por apartar ese tema de su mente. Noah apuró el resto de la cerveza y se sorprendió de haberla acabado tan rápidamente.

—Voy a calentar el agua. ¿Te traigo algo?

Allie negó con la cabeza. Noah entró en la cocina, puso los cangrejos en la rejilla de la cacerola y el pan en el horno. Mezcló un poco de harina y maicena, rebozó las verduras y echó un poco de aceite en la sartén. Antes de regresar al porche, bajó el fuego, programó un reloj de cocina y sacó otra cerveza de la heladera. Mientras hacía todo eso, pensó en Allie, en el amor que faltaba en la vida de ambos.

Allie también pensaba. En Noah, en sí misma, en un montón de cosas. Por un momento deseó no estar prometida, pero enseguida se reprendió a sí misma. No era a Noah a quien amaba, sino al recuerdo de lo que habían sido. Además, era normal que se sintiera así. Su primer amor verdadero, el único hombre con quien se había acostado... ¿cómo iba a olvidarlo?

Sin embargo, ¿era normal que sintiera un hormigueo cada vez que él se le acercaba? ¿Era normal que le confesara cosas que jamás le diría a nadie más? ¿Era normal que hubiera ido a visitarlo tres semanas antes de su boda?

—No —susurró para sí mientras contemplaba el cielo de la noche—. Nada de esto es normal.

En ese momento reapareció Noah, y Allie le sonrió, contenta de que hubiera vuelto a rescatarla de sus pensamientos.

—Tardará unos minutos —dijo él mientras volvía a sentarse.

—Está bien. Todavía no tengo hambre.

Entonces la miró, y Allie reparó en la ternura de sus ojos.

—Me alegro de que hayas venido, Allie —declaró.

—Yo también me alegro. Aunque estuve a punto de cambiar de idea.

—¿Por qué viniste?

Por una necesidad irresistible, hubiera querido decir, pero no lo hizo.

—Para verte, para averiguar qué había sido de ti. Para saber cómo estabas.

Noah se preguntó si eso era todo, pero no insistió. Cambió de tema.

—¿Todavía pintas? Hace rato que quería preguntártelo.

Allie negó con la cabeza.

—Ya no.

Noah pareció muy sorprendido.

—¿Por qué no? Tienes tanto talento...

—No lo sé...

—Claro que lo sabes. Si has abandonado, seguro que tienes algún motivo.

Estaba en lo cierto. Tenía un motivo.

—Es una larga historia.

—Tengo toda la noche —repuso Noah.

—¿De verdad pensabas que tenía talento? —preguntó Allie en voz baja.

—Ven —dijo él extendiendo la mano—. Quiero enseñarte algo.

Allie se levantó y lo siguió a la puerta del living-room. Noah se detuvo frente a la chimenea y señaló el cuadro colgado encima de la repisa. Allie dejó escapar una pequeña exclamación de asombro, sorprendida de no haber reparado antes en el cuadro, y más sorprendida aún de verlo allí.

—¿Lo has conservado?

—Claro que lo conservé. Es espléndido. —Allie lo miró con escepticismo y Noah se explicó: —Cuando lo miro me siento vivo. A veces tengo que levantarme para tocarlo. Es tan real... las formas, las sombras, los colores. Es increíble, Allie... puedo pasarme horas contemplándolo.

—Hablas en serio —dijo ella, asombrada.

—Nunca he hablado tan en serio. —Allie no respondió. —¿Acaso no te lo ha dicho nadie más?

—Mi profesor de pintura —dijo por fin—. Pero supongo que no le creí. —Noah sabía que tenía algo más que decir. Allie apartó la vista antes de continuar: —He dibujado y pintado desde que era una criatura. Supongo que después de un tiempo empecé a pensar que lo hacía bien. También me gustaba. Recuerdo cómo pinté este cuadro aquel verano, añadiendo algo nuevo cada día, modificándolo a medida que nuestra relación cambiaba. No sé con qué idea lo empecé ni qué pretendía representar, pero el resultado está a la vista.

"Recuerdo que después, cuando volví a casa, no podía parar de pintar. Creo que era una forma de aliviar el dolor que sentía. En la universidad acabé especializándome en arte porque sentía que tenía que hacerlo. Pasaba horas a solas en el estudio y disfrutaba de cada minuto. Me encantaba la sensación de libertad que experimentaba al pintar, la satisfacción de producir algo hermoso. Poco antes de graduarme, mi profesor, que también era crítico del diario local, me dijo que tenía mucho talento. Sugirió que debía probar suerte en el mundo del arte. Pero no le hice caso. —Hizo una pequeña pausa para ordenar sus pensamientos. —A mis padres no les pareció bien que alguien como yo se ganara la vida pintando. Después de un tiempo, dejé de hacerlo. Hace años que no toco un pincel.

Miró fijamente el cuadro.

—¿Crees que volverás a pintar?

—No sé si podría hacerlo. Ha pasado mucho tiempo.

—Todavía puedes, Allie. Estoy seguro. Tu talento viene de tu interior, del corazón, no de los dedos. El don que tienes no desaparecerá nunca. Mucha gente sueña con poseerlo. Eres una verdadera artista, Allie.

Las palabras de Noah sonaban tan sinceras que Allie supo que no las había pronunciado por simple cortesía. Era evidente que creía en su capacidad, y eso significaba mucho para ella, más de lo que esperaba. Pero entonces sucedió otra cosa, algo aún más conmovedor.

Por qué sucedió, nunca lo sabría, pero en ese preciso momento Allie sintió que comenzaba a cerrarse el abismo que ella misma había creado en su interior para separar el dolor del placer. Y entonces sospechó, aunque sólo vagamente, que esa sensación era mucho más trascendente de lo que se habría atrevido a admitir. Sin embargo, en aquel momento no era totalmente consciente de lo que pasaba y se volvió a mirar a Noah. Extendió una mano y acarició la de él, temerosa, dulcemente, asombrada de que después de tantos años él todavía supiera exactamente lo que necesitaba oír. Cuando sus ojos se encontraron, Allie volvió a pensar que estaba ante un hombre muy especial.

Y por un fugaz instante, por una levísima pizca de tiempo que flotó en el aire como las luciérnagas en un cielo de verano, se preguntó si había vuelto a enamorarse de él.

Sonó la alarma del reloj de cocina, un pequeño *ring*, y Noah se marchó, rompiendo el encanto del momento, curiosamente afectado por lo que acababa de ocurrir entre ellos. Los ojos de Allie le habían hablado, susurrándole algo que ansiaba desesperadamente oír, y sin embargo, no podía acallar la voz que sonaba dentro de su cabeza, la voz de esa misma mujer hablándole de su amor por otro hombre. Mientras entraba en la cocina y sacaba el pan del horno, maldijo mentalmente al reloj. Se quemó los dedos, dejó caer el pan sobre la mesada y vio que la sartén estaba lista. Echó las verduras y oyó el chisporroteo. Luego, murmurando para sí, sacó la manteca de la helaldera, untó un poco en el pan y derritió otro poco para los cangrejos.

Allie, que lo había seguido a la cocina, se aclaró la garganta.

—¿Pongo la mesa?

Noah usó el cuchillo de la manteca para señalar.

—Muy bien. Los platos están allí. Los cubiertos y las servilletas, allí. Saca muchas servilletas. Las necesitaremos para no ensuciarnos. —No podía mirarla mientras hablaba. Temía comprender que su impresión sobre lo que acababa de ocurrir era equivocada. No quería que se tratara de un error.

Allie pensaba en lo mismo, y la emoción la embargó. Mientras juntaba todo lo necesario para la mesa —platos, manteles individuales, sal y pimienta— se repetía mentalmente las palabras de Noah. Cuando terminó de poner la mesa, él le pasó el pan y sus dedos se rozaron fugazmente.

Noah concentró su atención en la sartén y removió las verduras. Levantó la tapa de la cacerola, comprobó que a los cangrejos les faltaba un minuto y los dejó un poco más. Ya más dueño de sí, inició una conversación trivial, despreocupada.

—¿Alguna vez comiste cangrejo?

—Un par de veces. Pero sólo en ensalada.

Noah rió.

—Entonces prepárate para la aventura. Discúlpame un momento.

Subió la escalera y regresó un minuto después con una camisa de color azul marino.

—Póntela. No quiero que te ensucies el vestido.

Allie se puso la camisa y aspiró su fragancia... Era el olor de Noah, natural, perfectamente identificable.

—No te preocupes —dijo él al ver su expresión—. Está limpia.

Allie rió.

—Ya lo sé. Me recuerda a nuestra primera cita

formal. Aquella noche me diste tu chaqueta, ¿te acuerdas?

Noah asintió.

—Sí, me acuerdo. Fin y Sarah salieron con nosotros. Fin estuvo dándome codazos todo el camino hasta tu casa para que te tomara de la mano.

—Pero no le hiciste caso.

—No —respondió él sacudiendo la cabeza.

—¿Por qué?

—No lo sé. Quizá por timidez, o por miedo. En ese momento no me pareció apropiado.

—Ahora que lo pienso, eras bastante tímido, ¿no es cierto?

—Prefiero el calificativo de prudente —repuso él con un guiño, y Allie sonrió.

Las verduras y los cangrejos estuvieron listos prácticamente al mismo tiempo.

—Ten cuidado, queman —dijo Noah mientras le pasaba las fuentes y se sentaban a la pequeña mesa de madera, frente a frente.

Allie se dio cuenta de que había dejado la taza de té sobre la mesada y se levantó a buscarla. Noah sirvió el pan y la verdura en los platos y añadió un cangrejo para cada uno. Ella se quedó mirando el suyo fijamente durante unos instantes.

—Parece un bicho.

—Pero un bicho bueno —señaló Noah—. Deja que te enseñe cómo se come.

Hizo una rápida demostración, separando la carne y poniéndola en el plato de Allie, como si fuera algo muy sencillo.

En el primer y el segundo intento, Allie apretó demasiado las patas y en consecuencia tuvo que separar el caparazón con las manos para sacar la carne. Al principio se sintió torpe, preocupada de que él se fijara en sus errores, pero luego se reprendió a sí misma por su inseguridad. A Noah esas cosas lo tenían sin cuidado. Siempre había sido así.

—¿Y qué es de la vida de Fin? —preguntó.

Noah tardó un segundo en responder.

—Murió en la guerra. Su destructor fue torpedeado en el cuarenta y tres.

—Lo siento. Sé que era muy amigo tuyo.

—Lo era —repuso Noah con la voz cambiada, ligeramente más grave—. Últimamente pienso mucho en él. Recuerdo, sobre todo, la última vez que lo vi. Poco antes de alistarme, volví a casa para despedirme y nos encontramos por casualidad. Era banquero, igual que su padre, y durante la semana siguiente pasamos mucho tiempo juntos. A veces pienso que lo convencí para que se alistara. Creo que si no le hubiera dicho que iba a enrolarme, él no lo habría hecho.

—No es justo que te culpes —protestó Allie, lamentando haber sacado el tema.

—Tienes razón. Lo echo de menos; eso es todo.

—A mí también me caía simpático. Me hacía reír.

—Eso siempre le salía bien.

Allie lo miró con picardía.

—Estaba enamorado de mí, ¿sabes?

—Lo sé. Me lo contó.

—¿De veras? ¿Qué te dijo?

Noah se encogió de hombros.

—Lo normal. Que tendría que ahuyentarte a escobazos. Que lo perseguías constantemente. Esa clase de comentarios.

Allie rió suavemente.

—¿Y tú le creíste?

—Claro —respondió—. ¿Por qué no iba a creerle?

—Los hombres siempre se hacen compinches —comentó ella, extendiendo la mano por encima de la mesa y dándole una palmada en el brazo. Luego continuó: —Cuéntame todo lo que has hecho desde la última vez que nos vimos.

Comenzaron a intercambiar experiencias, a recuperar el tiempo perdido. Noah le habló de su decisión de marcharse de New Bern, de su trabajo en el astillero y, más tarde, en la chatarrería de Nueva Jersey. Aludió con afecto a Morris Goldan, y mencionó brevemente la guerra, aunque le ahorró los detalles. Luego recordó a su padre y confesó cuánto le echaba de menos. Allie habló de la universidad, de los tiempos en que todavía pintaba, y de su trabajo como voluntaria en un hospital. Lo puso al día en todo lo referente a su familia y a las asociaciones benéficas para las que trabajaba. Ninguno de los dos dijo nada de sus relaciones sentimentales en esos años. Ni siquiera hablaron de Lon, y aunque ambos repararon en la omisión, no hicieron ningún comentario al respecto.

Más tarde, Allie intentó recordar la última vez que ella y Lon habían hablado de esa manera. Aunque él sabía escuchar, y rara vez discutía, no era particularmente locuaz. Al igual que el padre de Allie, no se sentía cómodo compartiendo sus pensamientos y sentimientos. Allie hacía todo lo posible para explicarle que necesitaba más intimidad, pero no conseguía cambiar las cosas.

Ahora se daba cuenta de lo que había perdido.

A medida que anochecía, el cielo se oscurecía y la Luna se elevaba. Entonces, casi sin darse cuenta, comenzaron a recuperar la intimidad, la familiaridad que habían compartido en el pasado.

Terminaron de cenar, satisfechos del festín, pero menos locuaces que antes. Noah miró el reloj y comprobó que se hacía tarde. Ahora todas las estrellas eran visibles y el canto de los grillos comenzaba a apagarse. Había disfrutado de la conversación y se preguntó si habría hablado demasiado, qué pensaría ella de su vida y si habría alguna posibilidad de que ese reencuentro cambiara las cosas.

Se levantó y volvió a llenar la tetera. Los dos llevaron los platos a la pileta y levantaron la mesa. Noah llenó dos tazas de agua caliente y puso un saquito de té en cada una.

—¿Qué te parece si volvemos al porche? —preguntó mientras le pasaba una taza. Allie aceptó y se dirigió hacia allí. Noah tomó una manta por si ella tuviera frío, y pronto volvieron a sus sitios; las mecedoras balancéandose, la manta sobre las piernas de Allie. Noah la miró por el rabillo del ojo. ¡Dios santo, es preciosa!, pensó. Y sufrió en silencio.

Sufrió porque durante la cena había sucedido algo. Sencillamente, se había vuelto a enamorar. Lo supo en cuanto se sentó a su lado en el porche. Ya no estaba enamorado de un recuerdo, sino de una nueva Allie.

Aunque, en realidad, nunca había dejado de quererla. Estaba destinado a amarla.

—Ha sido una noche muy especial —dijo ella, con voz suave.

—Sí —convino Noah—. Una noche maravillosa.

Miró las estrellas; las luces parpadeantes le recordaron que Allie se marcharía pronto, y se sintió vacío. No quería que esa noche terminara nunca. Pero, ¿cómo decírselo? ¿Qué podía decirle para convencerla de que se quedara?

No lo sabía. Sin embargo, ya había decidido que no diría nada. Y entonces comprendió que había fracasado.

Las mecedoras se movían tranquila y rítmicamente. Otra vez murciélagos sobre el río. Polillas besando la luz del porche. Noah sabía que en ese mismo momento, en distintos sitios, muchas parejas hacían el amor.

—Háblame —pidió Allie con voz sensual. ¿O era un truco de su imaginación?

—¿Qué puedo decir?

—Háblame como lo hacías debajo del roble.

Noah obedeció; recitó antiguos versos en honor a la noche. Whitman y Thomas porque amaba sus imágenes. Tennyson y Browning porque sus temas le parecían muy familiares.

Allie apoyó la cabeza sobre el respaldo de la mecedora, cerró los ojos, y cuando él hubo acabado, sintió que su emoción se había intensificado. No era sólo su voz o los poemas. Era todo; un todo mayor a la suma de las partes. No intentó dividirlo, no quería hacerlo, porque no debía escuchar de ese modo. La poesía no debía ser objeto de análisis, pensó; debía inspirar sin motivo, emocionar sin intervención del entendimiento.

Gracias a Noah, había asistido a unas cuantas lecturas de poesía en el Departamento de Literatura Inglesa de la universidad. Había escuchado distintos poemas de diferentes bocas, pero pronto dejó de acudir, desilusionada porque nadie parecía trasmitir o poseer la inspiración que ella atribuía a los verdaderos amantes de la poesía.

Se hamacaron durante un rato, bebiendo té, callados, absortos en sus pensamientos. La ansiedad que la había empujado allí había desaparecido, y se alegraba de ello, pero la preocupaban los sentimientos que la reemplazaban, la excitación que se filtraba por sus poros, arremolinándose como el polvo de oro en un cedazo. Podría haberse esforzado para negarla, para huir de ella, pero en el fondo sabía que no quería que parara. Hacía muchos años que no se sentía así.

Lon era incapaz de despertar esos sentimientos. Nunca lo había hecho y, probablemente, nunca lo haría. Quizá fuera por eso que nunca se había acostado con él. Lon intentó convencerla muchas veces, recurriendo a todas las tácticas posibles, desde las flores hasta la culpa, pero ella respondía siempre con la misma excusa: que quería esperar a estar casada. Por lo general se lo tomaba bien, y Allie se preguntaba cómo se sentiría si se enterara de lo de Noah.

Pero había algo más que la impulsaba a esperar, y tenía que ver con el propio Lon. Era un hombre enteramente dedicado a su profesión. El trabajo era lo primero; él no tenía tiempo para poemas, noches ociosas, veladas meciéndose en el porche. Allie sabía que debía su éxito a esa actitud, y hasta cierto punto lo respetaba por ello. Pero también sentía que no le daba lo suficiente. Quería algo más, algo distinto, otra cosa. Pasión y romance, quizá, tranquilas charlas a la luz de las velas, o algo tan sencillo como no sentirse constantemente desplazada a un segundo lugar.

La atención de Noah también saltaba de un pensamiento a otro. Él recordaría aquella noche como uno de los momentos más especiales de su vida. Mientras se mecía, rememoraba cada detalle una y otra vez. Todo lo que ella había hecho le parecía excitante, apasionado.

Ahora, sentado junto a ella, se preguntó si durante los años de separación ella habría tenido los mismos sueños que él. ¿Habría soñado que se abrazaban y se besaban bajo la tenue luz de la Luna? ¿O acaso habría llegado más lejos y soñado con sus cuerpos desnudos, separados durante tanto tiempo?

Miró las estrellas y recordó las miles de noches vacías pasadas desde la última vez que se habían visto. Ese reencuentro hacía que los sentimientos emergieran a la superficie, y le resultaba imposible volver a enterrarlos. Supo que quería volver a hacerle el amor y que ella le correspondiera. Era lo que más deseaba en el mundo.

Pero también era consciente de que no podía ser. Ahora estaba prometida.

Para Allie, el silencio de Noah era un indicio de que estaba pensando en ella, y eso la hizo feliz. No sabía a ciencia cierta cuáles eran sus pensamientos y, en realidad, tampoco le importaba; le bastaba con saber que pensaba en ella.

Recordó la conversación mantenida durante la cena y pensó en la soledad. Por alguna razón, no podía imaginar a Noah leyendo poemas a otra persona, ni siquiera compartiendo sus sueños con otra mujer. No era de esa clase de hombres. O, si lo era, ella se negaba a creerlo.

Dejó la taza de té sobre la mesa, se alisó el pelo con las manos y cerró los ojos.

—¿Estás cansada? —preguntó Noah, saliendo por fin de su abstracción.

—Un poco. Debería irme dentro de unos minutos.

—Lo sé —dijo él con un gesto de asentimiento y voz inexpresiva.

Allie no se levantó de inmediato. Tomó la taza y bebió el último sorbo de té, sintiendo cómo le calentaba la garganta. Observó la noche: la Luna estaba más alta, el viento soplaba entre los árboles, la temperatura había bajado.

Luego miró a Noah. De perfil, su cicatriz era más notable. Se preguntó si se la habría hecho en la guerra, si lo habrían herido alguna vez. No había comentado nada al respecto y ella no se lo preguntó, sobre todo porque no quería imaginarlo herido.

—Tengo que irme —dijo por fin, devolviéndole la manta.

Noah asintió y se puso en pie sin decir una palabra. Tomó la manta y los dos caminaron hacia el coche, haciendo crujir las hojas secas bajo sus pies. Cuando él abrió la puerta, Allie comenzó a quitarse la camisa, pero él la detuvo.

—Quédatela —dijo—. Quiero que la guardes.

Allie no preguntó por qué, pues ella también quería quedársela. La acomodó y se cruzó de brazos para protegerse del frío. En ese momento la asaltó el recuerdo de sí misma en el porche de su casa, después de un baile en el instituto, esperando un beso.

—Ha sido una noche maravillosa —manifestó Noah—. Gracias por venir a verme.

—Yo también lo he pasado bien —respondió Allie.

Noah reunió coraje.

—¿Te veré mañana?

Una simple pregunta. Allie sabía cuál debía ser la respuesta, sobre todo si no quería complicarse la vida. Sólo tenía que decir "Creo que no sería conveniente", y todo acabaría allí y en ese momento. Pero guardó silencio durante unos segundos.

El demonio de la indecisión se enfrentaba a ella, la provocaba, la desafiaba. ¿Por qué no responder? No lo sabía. Pero cuando lo miró a los ojos, buscando la respuesta que necesitaba, vio al hombre del que una vez se había enamorado, y de repente todo se aclaró.

—Me gustaría.

Noah se sorprendió. No esperaba que contestara que sí. Hubiera querido tocarla, estrecharla en sus brazos, pero no lo hizo.

—¿Estarás aquí a mediodía?

—Seguro. ¿Qué planes tienes?

—Ya lo verás —respondió—. Te llevaré al sitio perfecto.

—¿Estuve allí antes?

—Sí, pero antes no era igual.

—¿Dónde está?

—Es una sorpresa.

—¿Me gustará?

—Te encantará.

Allie se volvió antes que él la besara. No sabía si lo intentaría, pero sabía que si lo hacía, le costaría detenerlo. No podía afrontar esa situación en ese momento, con tantas cosas en la cabeza. Se sentó al volante y respiró aliviada. Noah cerró la puerta y ella puso el coche en marcha. Mientras el motor se calentaba, bajó un poco la ventanilla.

—Hasta mañana —dijo con la luz de la Luna reflejada en los ojos.

Mientras daba marcha atrás, él la saludó con la mano. Allie giró en redondo y tomó el camino que conducía al pueblo. Noah se quedó mirando el coche hasta que el ruido del motor se apagó y las luces se desvanecieron detrás de los robles lejanos. Cuando

81

Clem se acercó, se acuclilló para acariciarla, concentrándose en su cuello, rascándole los puntos de su anatomía que la perra ya no podía alcanzar. Después de un último vistazo al camino, regresaron al porche. Volvió a sentarse en la mecedora, esta vez solo, y rememoró la velada reciente. Pensó en ella. La revivió. Vio y oyó nuevamente todo lo ocurrido. Pasó las escenas en cámara lenta. No tenía ganas de tocar la guitarra ni de leer. No sabía qué sentía.

—Está prometida —murmuró por fin y se sumió en un silencio roto sólo por el ruido de la mecedora. La noche estaba tranquila, nada se movía, salvo Clem, que de vez en cuando se acercaba y lo miraba como si preguntara "¿Te encuentras bien?".

Pasadas las doce, en algún momento de esa clara noche de octubre, los sentimientos se agolparon en el corazón de Noah y lo embargó la nostalgia. Cualquiera que lo hubiera visto entonces, habría observado que parecía un anciano, un hombre que había envejecido años en apenas un par de horas. Un hombre doblado sobre sí mismo en la mecedora, con la cara oculta en las manos y lágrimas en los ojos.

No podía detenerlas.

Llamadas telefónicas

Lon colgó el auricular.

Había llamado a las siete, luego a las ocho y media, y ahora volvió a mirar su reloj. Las diez menos cuarto.

¿Dónde estaba Allie?

Sabía que debía encontrarse donde le había dicho porque antes se lo había confirmado el gerente del hotel. Sí; se alojaba allí, y la había visto por última vez a eso de las seis. Supuso que salía a cenar. No, no la había visto desde entonces.

Lon sacudió la cabeza y apoyó la espalda contra el respaldo de la silla. Como de costumbre, era el único que quedaba en el despacho, y todo estaba en silencio. Pero eso era lo normal con un juicio en curso, incluso cuando las cosas iban bien. El derecho era su pasión, y sólo si se quedaba a solas después de hora tenía oportunidad de poner sus asuntos al día sin interrupciones.

Estaba convencido de que ganaría el caso, pues dominaba las leyes y sabía cautivar al jurado. Siempre lo hacía y, últimamente, rara vez perdía un juicio. Sus logros se debían fundamentalmente a que podía darse el lujo de elegir los casos y dar prioridad a aquellos en los que tenía experiencia. Había llegado a ese estadio. Pocos abogados de la ciudad gozaban de ese privilegio, y sus ingresos daban fe de su pericia.

Pero la mayor parte de su éxito se debía a la dedicación al trabajo. Siempre, y sobre todo en los comienzos, prestaba atención a los detalles. Observar las pequeñas cosas, los aspectos poco claros, se había convertido en un hábito. Tanto si se trataba de un asunto de leyes, como de la exposición de un caso, estudiaba cuidadosamente sus movimientos y, al principio de su práctica profesional, esa costumbre le había permitido ganar algunos juicios que parecían perdidos de antemano.

Ahora lo preocupaba un pequeño detalle.

Pero no era sobre el caso. No; el juicio iba bien. Era otra cosa.

Algo relacionado con Allie.

Diablos, era incapaz de precisar de qué se trataba. Cuando Allie se marchó por la mañana, él estaba tranquilo. O al menos eso creía. Pero después de su llamada, quizá una hora después, una voz de alarma había sonado en su mente. Un pequeño detalle.

Un detalle.

¿Algo insignificante? ¿Algo importante?

Piensa... piensa... ¡Caramba! ¿Qué era?

Una voz de alarma.

Algo... algo... *¿algo que había dicho?*

¿Algún tema aparecido en la conversación? Sí; era eso. Estaba seguro. Pero, ¿qué? ¿Algo que había dicho Allie por teléfono? Entonces fue cuando empezó todo, así que repasó mentalmente la conversación. No; no encontraba nada fuera de lo normal.

Pero era eso, estaba seguro.

¿Qué le había dicho?

El viaje había ido bien, se había registrado en el hotel, había visitado algunos negocios y hecho algunas compras. Luego dejó el número de teléfono. Eso era todo.

Pensó en ella. La quería. Estaba seguro. No sólo porque era hermosa y encantadora, sino también porque se había convertido en su mejor amiga, en la fuente de su estabilidad. Después de un duro día de trabajo en el despacho, era la primera persona a quien llamaba. Ella escuchaba, reía en los momentos oportunos y tenía un sexto sentido para descubrir lo que él necesitaba oír. Pero por encima de todo, Lon admiraba su sinceridad. Recordó que después de salir juntos un par de veces, él le había dicho lo mismo que a todas las mujeres: que no estaba preparado para una relación estable. A diferencia de las demás, Allie se había limitado a asentir y a decir "muy bien".

Pero antes de salir por la puerta, se había vuelto hacia él añadiendo:

—Sin embargo, tu problema no soy yo ni es tu trabajo ni tu libertad ni cualquier otra cosa que se te ocurra. Tu problema es que estás solo. Tu padre hizo célebre el apellido Hammond, y seguramente te han comparado con él toda tu vida. Nunca has sido tú mismo. Una vida semejante tiene que hacerte sentir vacío, y estás buscando a alguien que llene mágicamente ese hueco. Pero sólo tú podrás llenarlo.

Esa noche había pensado en aquellas palabras y por la mañana supo que eran acertadas. La llamó para pedirle una segunda oportunidad y, después de alguna insistencia, ella aceptó a regañadientes.

En los cuatro años de noviazgo, Allie se había convertido en todo lo que él había deseado en su vida, y era consciente de que debía pasar más tiempo con ella. Pero su profesión se lo impedía. Allie siempre lo entendía, pero ahora se maldecía por no haberle dedicado más atención. Se prometió que cuando se casaran, reduciría las horas de trabajo. Haría que su secretaria llevara un control minucioso de su agenda y se asegurara de que sus citas no se extendieran demasiado.

¿Citas?

Otra voz de alarma resonó en su mente.

Citas... ¿Controles? ¿Comprobaciones?

Miró al techo.

Sí, era eso. Cerró los ojos y pensó unos minutos. No. Nada. ¿Qué era, entonces?

Vamos, no abandones ahora. Piensa, maldita sea, piensa.

New Bern.

Entonces lo supo. Sí, New Bern. Era eso. El pequeño detalle, o por lo menos una parte. Pero, ¿qué más?

New Bern, pensó otra vez, y reconoció el nombre. Conocía vagamente el pueblo por haberlo visitado por asuntos relacionados con un par de juicios. Se había detenido varias veces allí de camino a la costa. No tenía nada de especial. Pero Allie y él nunca habían ido juntos.

Sin embargo, Allie había estado antes en New Bern...

Se devanó los sesos y logró encajar otra pieza.

Otra pieza... pero había más...

Allie, New Bern y... y... algo ocurrido en una fiesta. Un comentario casual de la madre de Allie. Apenas le había prestado atención. ¿Qué había dicho?

Lon recordó y palideció. Recordó lo que había oído

mucho tiempo atrás. Recordó lo dicho por la madre de Allie.

Era algo relacionado con un romance vivido por Allie en un pasado lejano con un joven de New Bern. Lo consideraba un amor de adolescentes. ¡Qué importa!, había pensado entonces, volviéndose para sonreír a su novia.

Pero Allie no sonreía. Estaba enojada. Entonces Lon supuso que había amado a aquel chico mucho más apasionadamente de lo que su madre creía. Quizá más apasionadamente que a él.

Y ahora estaba allá. Era curioso.

Lon juntó las palmas de las manos, como si rezara, y se las apoyó sobre los labios. ¿Una coincidencia? Quizá no tuviera importancia. Quizá fuera sólo lo que ella había dicho. Cansancio e interés por las antigüedades. Era posible. Hasta probable.

Pensó en la otra posibilidad y, por primera vez en mucho tiempo, sintió miedo.

¿Y si...? *¿Y si está con él?*

Maldijo el juicio y deseó que ya hubiera terminado. Deseó haber ido con ella. ¿Allie habría dicho la verdad? Esperaba que sí.

Entonces decidió hacer todo lo posible para no perderla. Haría cualquier cosa por mantenerla a su lado. Allie era todo lo que había deseado en su vida, y nunca encontraría a otra como ella.

Con las manos temblorosas, marcó el número de teléfono del hotel por cuarta vez en lo que iba de la noche.

Y tampoco obtuvo respuesta.

Kayaks y sueños olvidados

A la mañana siguiente, Allie se despertó temprano, desvelada por el incesante canto de los estorninos, se restregó los ojos, y sintió el cuerpo entumecido. No había dormido bien, pues se despertaba entre sueño y sueño, y recordaba haber visto las manecillas del reloj en diferentes posiciones durante la noche, como recalcando el paso del tiempo.

Había dormido con la camisa de Noah, y volvió a aspirar su olor, evocando la noche anterior. Las risas despreocupadas y la conversación volvieron a su mente, y recordó especialmente lo que opinaba de su cuadro. Había sido un comentario inesperado, aunque estimulante, y mientras se repetía mentalmente cada palabra, supo cuánto se habría arrepentido si hubiera decidido no volver a verlo.

Miró por la ventana y vio a los alborotadores pájaros buscando comida a la temprana luz del día. Sabía que Noah era un madrugador y que disfrutaba dando la bienvenida al sol a su manera. Le gustaba pasear en kayak o en canoa, y recordó la mañana pasada con él en el arroyo, esperando el amanecer. Había tenido que escapar por la ventana para hacerlo, pues sus padres jamás lo habrían consentido, pero no la pescaron, y ahora recordaba cómo Noah le había pasado un brazo por los hombros estrechándola contra sí mientras despuntaba el alba.

—Mira, allí —había murmurado, y ella contempló su primer amanecer con la cabeza apoyada sobre su hombro, convencida de que en todo el mundo no podía haber un espectáculo más maravilloso que aquel.

Ahora, cuando se levantó de la cama para bañarse, sintiendo el suelo frío bajo sus pies, se preguntó si esa mañana Noah habría contemplado la salida del Sol desde el río, y supuso que seguramente había sido así.

Tenía razón.

Noah se levantó antes del amanecer, se puso con rapidez los mismos vaqueros de la noche anterior, una camiseta, una camisa de franela limpia, una cazadora azul y unas botas. Antes de bajar, se lavó los dientes y, de camino a la puerta, bebió un vaso de leche y comió un par de galletas. Después que Clem lo hubo saludado con un par de lengüetazos, se dirigió al embarcadero donde guardaba el kayak.

Le gustaba abandonarse a la magia del río, que le relajaba los músculos, le calentaba el cuerpo y le aclaraba la mente.

El viejo kayak, desgastado y manchado por el agua, colgaba de dos oxidados ganchos atornillados al embarcadero, ligeramente por encima de la línea de flotación, para mantener lejos a los percebes. Lo desenganchó, lo dejó a sus pies y, después de una rápida inspección, lo llevó a la orilla. Con un par de movimientos hacía tiempo dominados por la práctica, tomó impulso y comenzó a remontar el río. Noah era al mismo tiempo piloto y motor.

Sentía el aire fresco, tonificante, en la cara, y el cielo era una amalgama de colores: negro directamente encima de la cumbre de la montaña, seguido por toda la gama de los azules que se aclaraban progresivamente al acercarse al horizonte, donde el gris tomaba su lugar. Respiró hondo varias veces, sintiendo el aroma de los pinos y del agua salobre, y comenzó a pensar. Aquellos paseos eran lo que más había echado de menos cuando vivía en el norte. Entonces, la larga jornada de trabajo le dejaba poco tiempo para el río. Acampadas, caminatas, remo, chicas, trabajo... era preciso renunciar a algo. Había explorado a pie el campo de los alrededores de Nueva Jersey, pero en catorce años no había subido a un kayak ni a una canoa. Por eso, fue lo primero que hizo al volver.

Hay algo especial, casi místico, en contemplar el amanecer desde el agua, pensó, y últimamente lo hacía a diario. Que el día fuera claro y soleado o frío y encapotado lo tenía sin cuidado mientras remaba al ritmo de la melodía que tarareaba mentalmente, avanzando sobre el agua del color del hierro. Vio a una familia de tortugas sobre un tronco parcialmente sumergido y a una garza que levantó vuelo y planeó, rozando el agua, antes de desaparecer en la luz plateada que precedía al alba.

Remó hasta la mitad del río, donde el resplandor naranja comenzaba a extenderse por el agua. Entonces dejó de remar, haciendo sólo los movimientos necesarios para mantenerse en el mismo sitio, y miró fijamente el cielo hasta que la luz despuntó entre los árboles. Le gustaba detenerse en el momento exacto del amanecer:

la vista era espectacular, como si el mundo volviera a nacer. Después comenzó a remar con fuerza otra vez, eliminando la tensión, preparándose para el día.

Mientras tanto, un montón de interrogantes danzaban en su mente como gotas de agua en una sartén. Pensó en Lon, preguntándose qué clase de persona sería y qué relación mantendría con Allie. Pero sobre todo pensó en Allie, en los motivos de su visita.

Cuando regresó al punto de partida, se sintió como nuevo. Miró el reloj y le sorprendió comprobar que habían pasado dos horas. Sin embargo, el tiempo en el río siempre engañaba, y hacía meses que había dejado de asombrarse de sus trucos.

Colgó el kayak para que se secara, se tendió a descansar un par de minutos y fue al cobertizo donde guardaba la canoa. La llevó hasta la orilla, dejándola a unos metros del agua, y mientras caminaba hacia la casa, notó que todavía tenía las piernas ligeramente entumecidas.

La niebla de la mañana aún no se había disipado y recordó que por lo general la rigidez de sus piernas predecía lluvia. Miró hacia el oeste y vio nubes de tormenta, densas y pesadas, lejanas pero claramente amenazadoras. El viento no soplaba con fuerza, pero empujaba las nubes acercándolas. A juzgar por su aspecto, sería mejor no estar al aire libre cuando llegaran. Caramba. ¿Cuánto tiempo le quedaba? Unas horas, quizás algo más. O quizá menos.

Se duchó, se puso otros jeans, una camisa roja y botas negras de vaquero, se peinó y bajó a la cocina. Lavó los platos de la noche anterior, ordenó un poco la casa, se preparó café y salió al porche. El cielo estaba más oscuro y echó un vistazo al barómetro. Estable, pero pronto empezaría a bajar. El cielo del oeste lo anunciaba.

Hacía mucho tiempo que había aprendido a no subestimar el tiempo y se preguntó si sería conveniente salir. Podía arreglárselas con la lluvia, pero los rayos eran otra cosa. Sobre todo si lo sorprendían en el agua. Una canoa no es el sitio más apropiado cuando la electricidad chisporrotea en el aire húmedo.

Terminó el café, postergando la decisión. Fue al cuarto de las herramientas y tomó un hacha. Después de comprobar el filo de la cuchilla con el pulgar, la afiló con una piedra de amolar. "Un hacha roma es más peligrosa que una afilada", solía decir su padre.

Dedicó los veinte minutos siguientes a cortar y apilar leña. Lo hacía con facilidad, con golpes certeros y sin sudar. Apartó unos cuantos leños y, cuando terminó de hachar, los metió en la casa, apilándolos junto a la chimenea.

Volvió a mirar el cuadro de Allie y extendió una mano para tocarlo. Todavía no podía creer que fuera a verla de nuevo. Dios, ¿qué tenía esa mujer que lo hacía sentir así después de tantos años? ¿Qué clase de poder ejercía sobre él?

Finalmente sacudió la cabeza, dio media vuelta y regresó al porche. Volvió a mirar el barómetro. No había cambios. Luego consultó el reloj.

Allie llegaría pronto.

Allie había terminado de bañarse y ya estaba vestida. Un rato antes había abierto la ventana para comprobar la temperatura. Afuera no hacía frío, de modo que decidió ponerse un vestido de primavera color crema, con mangas largas y cuello alto. Era suave y cómodo, tal vez un poco ceñido, pero la favorecía, y eligió un par de sandalias blancas que combinaban.

Pasó la mañana caminando por el centro. La Depresión se había cobrado su tributo en el pueblo, pero comenzaban a verse señales de prosperidad. El Masonic Theatre, el cine más antiguo del lugar, parecía bastante deteriorado, pero seguía en pie, con dos películas recientes en cartel. Fort Totten Park estaba exactamente igual que hacía catorce años, y supuso que los niños que se columpiaban allí después de clase también tendrían el aspecto de siempre. El recuerdo la hizo sonreír, y revivió los tiempos en que las cosas eran más sencillas. O por lo menos lo parecían.

Ahora nada parecía sencillo. Era increíble que todo hubiera encajado en su sitio, como lo había hecho, y se preguntó qué habría estado haciendo en esos momentos de no haber leído la nota del diario. No era difícil de imaginar, pues llevaba una vida rutinaria. Era miércoles, y eso significaba bridge en el club campestre, luego reunión en la Liga de Mujeres Jóvenes, donde seguramente organizarían otra actividad para recaudar fondos para el colegio o el hospital. Después una visita con su madre y volvería a casa a cambiarse para cenar con Lon, que los miércoles le hacía la concesión de salir del trabajo a la siete. Era la única noche de la semana que tenían una cita fija.

Reprimió la tristeza que le produjo ese recuerdo. Esperaba que algún día cambiara. Le había hecho muchas promesas, y a veces era capaz de cumplirlas durante algunas semanas, pero al final siempre volvía a los viejos hábitos.

—Esta noche no puedo, querida —explicaba—. Lo siento, pero no puedo. Más adelante te compensaré.

No le gustaba discutir con él, sobre todo porque sabía que decía la verdad. Un juicio exigía mucha dedicación, tanto en la etapa de preparación como en las sesiones, y sin embargo Allie no podía dejar de preguntarse por qué había invertido tanto tiempo en cortejarla si ahora no tenía un minuto libre para verla.

Pasó delante de una galería de arte, tan abstraída que estuvo a punto de seguir de largo, pero enseguida volvió atrás. Se detuvo un instante en la puerta y le sorprendió recordar cuánto tiempo hacía que no entraba en una galería. Por lo menos tres años, quizás incluso más. ¿Por qué las evitaba?

Entró —abría a la misma hora que los negocios de la calle principal— y echó un vistazo a los cuadros. La mayoría de los artistas eran gente local, y sus obras tenían un claro aire marino. Muchas escenas de mar, playas cubiertas de arena, pelícanos, viejos veleros, remolcadores, espigones y gaviotas. Olas de todos los tamaños, formas y colores imaginables. Después de un rato, todos los cuadros le parecieron iguales. Pensó que a los artistas les faltaba inspiración o eran unos holgazanes.

Sin embargo, en una pared había varios cuadros más afines con su gusto. Eran de un pintor del que nunca había oído hablar, un tal Elayn, y casi todos parecían inspirados en la arquitectura de las islas griegas. En el que más le gustaba, el artista había exagerado deliberadamente la escena con figuras pequeñas, líneas anchas y trazos cargados de color, como si la imagen estuviera ligeramente desenfocada. Sin embargo, los colores eran vivos y turbulentos, atraían la vista, casi dirigiendo al ojo a lo que debía ver a continuación. Era un cuadro dinámico, dramático. Cuanto más pensaba en él, más le gustaba, y consideró la posibilidad de comprarlo, hasta que se dio cuenta de que le gustaba porque le recordaba a su propia obra. Lo examinó con atención y pensó que quizá Noah tuviera razón, quizá debiera empezar a pintar otra vez.

A las nueve y media salió de la galería y fue a Hoffman-Lane, unos grandes almacenes situados en el centro. Tardó unos minutos en encontrar lo que buscaba, pero allí estaba, en la sección de material escolar. Papel, carbonilla y lápices, si no de la mejor calidad, aceptablemente buenos. No pintaría, pero era una forma de empezar, y volvió a la habitación del hotel llena de entusiasmo. Se sentó a la mesa y puso manos a la obra. No hizo nada en concreto, sencillamente quiso recuperar la sensación de dibujar, dejando que las formas y los colores fluyeran de los recuerdos de su juventud. Después de unos minutos de abstracción, hizo un boceto de la calle, tal como se la veía desde la ventana de la habitación, y se sorprendió por la facilidad con que dibujaba. Era como si nunca hubiera dejado de hacerlo.

Cuando terminó, examinó el dibujo, complacida con el resultado. Dudó sobre lo que haría a continuación y por fin se decidió. A falta de modelo, se representó mentalmente la imagen antes de empezar. Y aunque resultaba más difícil que la escena de la calle, el dibujo surgió con naturalidad y comenzó a tomar forma.

Los minutos pasaron velozmente. Trabajó sin parar, aunque mirando la hora de vez en cuando para no llegar tarde, y terminó antes de mediodía. Había tardado casi dos horas, pero el resultado final la sorprendió. Parecía que le hubiera dedicado mucho más tiempo. Enrolló el dibujo, lo metió en el bolso y recogió el resto de sus cosas. Camino a la puerta se miró en el espejo y se sintió extrañamente relajada, aunque ignoraba por qué.

Bajó la escalera y salió por la puerta del hotel. En ese momento oyó una voz a su espalda:

—¡Señorita!

Se volvió, sabiendo que se dirigían a ella. Era el gerente. El mismo hombre que había visto el día anterior, con una expresión de curiosidad en la cara.

—¿Sí?

—Anoche le telefonearon varias veces.

Se sorprendió.

—¿De veras?

—Sí. Siempre un señor Hammond.

¡Dios santo!

—¿Llamó Lon?

—Sí, señorita, cuatro veces. La segunda, yo hablé personalmente con él. Estaba preocupado por usted. Dijo que era su prometido.

Allie esbozó una sonrisa para disimular su inquietud. ¿Cuatro llamadas? ¿Cuatro? ¿Qué significaba eso? ¿Que había ocurrido algo en su casa?

—¿Dejó algún mensaje? ¿Era una emergencia?

El gerente sacudió la cabeza.

—En realidad no dijo nada, señorita, no dejó ningún mensaje. Pero parecía preocupado por usted.

Bien, pensó Allie. Eso está bien. Y luego, súbitamente, sintió una punzada en el pecho. ¿A qué venía tanta urgencia? ¿Por qué tantas llamadas? ¿Acaso ella había dicho algo que la delatara el día anterior? ¿Por qué había insistido tanto Lon? No era propio de él.

¿La habría descubierto? No... era imposible. A menos que alguien la hubiera visto el día anterior y le hubiera telefoneado... Pero en tal caso tendrían que haberla seguido a casa de Noah, y nadie haría una cosa semejante. Tenía que llamarlo de inmediato, no podía postergarlo. Pero, curiosamente, no deseaba hacerlo. Era su tiempo libre y quería emplearlo en lo que le diera la gana. No había planeado telefonearle hasta más tarde, y por alguna razón pensaba que hacerlo ahora le estropearía el día. Además, ¿qué le diría? ¿Qué excusa pondría para justificar que había estado fuera hasta tan tarde? ¿Una cena tardía y un paseo? Quizá. ¿O una película? O...

—¿Señorita?

Es casi mediodía, pensó. ¿Dónde estará? Probablemente en el estudio... No, en los tribunales, recordó de repente, y sintió como si le quitaran un enorme peso de encima. Aunque quisiera, no tenía forma de comunicarse con él. Sus sentimientos la sorprendieron. Sabía que no debía sentirse así y, sin embargo, le daba igual. Miró el reloj, representando un papel.

—¿Ya son casi las doce?

El gerente miró el reloj e hizo un gesto afirmativo.

—Bueno, todavía faltan quince minutos.

—Por desgracia, ahora estará en los tribunales y no puedo comunicarme con él. Si vuelve a llamar, ¿podría decirle que he salido de compras y que le telefonearé más tarde?

—Claro —respondió. Sin embargo, Allie vio el interrogante en sus ojos: *Pero, ¿dónde estuvo anoche?* Sabía perfectamente a qué hora había vuelto. Demasiado tarde para una mujer sola en un pueblo pequeño.

—Gracias —dijo con una sonrisa—. Es muy amable.

Dos minutos después estaba en el coche, conduciendo hacia la casa de Noah, anticipando el día, totalmente indiferente a las llamadas telefónicas. Un día antes la habrían preocupado, y se preguntó qué significaría aquel cambio.

Mientras cruzaba el puente levadizo, cuatro minutos después de salir del hotel, Lon llamó desde los tribunales.

Aguas turbulentas

Noah estaba sentado en la mecedora, bebiendo té dulce, aguzando el oído para oír el coche, hasta que finalmente lo oyó girar por el camino. Dio la vuelta a la casa y la miró estacionar nuevamente debajo del roble. En el mismo sitio del día anterior. Clem ladró junto a la puerta del coche, moviendo la cola, y Noah vio que Allie lo saludaba con la mano.

Bajó, dio un par de palmadas en la cabeza a Clem, que la recibió efusivamente, y luego sonrió a Noah que caminaba a su encuentro. Parecía más tranquila que el día anterior, más segura de sí, y nuevamente lo impresionó verla. Aunque esta vez era distinto. Ya no se trataba de simples recuerdos, sino de sentimientos nuevos. Si eso era posible, su atracción por Allie había crecido durante la noche, se había intensificado, y eso lo hacía sentir ligeramente turbado en su presencia.

Allie lo encontró a mitad de camino, con un pequeño bolso en la mano. Lo sorprendió dándole un afectuoso beso en la mejilla y, después de apartarse, su mano se demoró un momento en la cintura de Noah.

—Hola —dijo con los ojos radiantes—, ¿dónde está la sorpresa?

99

Noah se relajó un poco, y dio gracias a Dios por ello.

—¿No crees que antes deberías decir "buenos días" o "¿has dormido bien?".

Allie sonrió. La paciencia nunca había figurado entre sus virtudes.

—Muy bien. Buenos días. ¿Has dormido bien? ¿Dónde está la sorpresa?

Noah rió suavemente y luego anunció:

—Tengo una mala noticia, Allie.

—¿Cuál?

—Iba a llevarte a un sitio especial, pero con estas nubes, no creo que debamos ir.

—¿Por qué?

—Por la tormenta. Estaremos a la intemperie y nos mojaríamos. Además, podrían caer rayos.

—Todavía no llueve. ¿Ese sitio está muy lejos?

—A un kilómetro y medio río arriba.

—¿Y nunca estuve allí antes?

—Sí, pero antes no tenía el mismo aspecto.

Allie miró alrededor con aire pensativo. Cuando por fin habló, lo hizo con voz decidida:

—Entonces iremos. Me da igual si llueve.

—¿Estás segura?

—Completamente.

Noah volvió a mirar las nubes y notó que se acercaban.

—Entonces será mejor que salgamos ahora mismo —decidió—. ¿Te dejo eso en la casa?

Allie asintió y le pasó el bolso. Noah corrió a la casa y lo dejó sobre una silla del salón. De camino a la puerta, tomó pan y lo metió en una bolsa.

Caminaron juntos hasta la canoa. Un poco más cerca que el día anterior.

—¿Qué sitio es ése?

—Ya lo verás.

—¿No me darás ni siquiera una pista?

—Bueno —respondió él—, ¿recuerdas el día que salimos en canoa y miramos el amanecer?

—Precisamente estaba pensando en eso esta mañana. El recuerdo me hizo llorar.

—Lo que verás hoy hará que ese recuerdo te parezca vulgar.

—Supongo que debería sentirme muy especial.

Noah dio unos cuantos pasos antes de responder:

—Eres especial —dijo finalmente, y su tono hizo que Allie creyera que iba a añadir algo más. Pero no lo hizo. Ella le sonrió y apartó la vista. Sintió el viento en la cara y notó que había arreciado desde la mañana.

Poco después llegaron al embarcadero. Noah arrojó la bolsa dentro de la canoa, echó un rápido vistazo alrededor para comprobar que todo estuviera en orden, y arrastró la embarcación hasta el agua.

—¿Puedo hacer algo?

—No. Sube.

Allie obedeció y Noah empujó la canoa en el agua, cerca del embarcadero. Luego saltó al interior con gracia, apoyando los pies con cuidado para que la embarcación no volcara. Allie se asombró de su agilidad, consciente de que la maniobra que acababa de realizar con rapidez y facilidad era más complicada de lo que parecía.

Allie viajaba de espaldas, en la proa de la canoa. Cuando Noah comenzó a remar, le advirtió que se perdería la vista, pero ella sacudió la cabeza y dijo que estaba bien así.

Y era verdad.

101

Con sólo girar la cabeza podía ver todo lo que quisiera; pero por encima de todo, quería ver a Noah. No había ido a contemplar el río, sino a verlo a él. Los primeros botones de su camisa estaban desabrochados y dejaban al descubierto los músculos de su pecho, que se contraían con cada movimiento. También se había arremangado, de modo que Allie podía ver los músculos de sus brazos abultándose ligeramente. Gracias a sus sesiones matutinas de remo, tenía la musculatura muy desarrollada.

Es artístico, pensó. Cuando rema, tiene un aire casi artístico. Un aire natural, como si no pudiera evitar estar en el agua, como si llevara esa afición en los genes. Lo miró, y supuso que los primeros exploradores del lugar debían de haber tenido el mismo aspecto.

No conocía a nadie que se le pareciera en lo más mínimo. Noah era una persona compleja, contradictoria en muchos sentidos, y al mismo tiempo sencilla; una combinación curiosamente erótica. A primera vista era un muchacho de campo otra vez en casa después de la guerra, y probablemente él se veía así. Pero en realidad era mucho más. Quizá su peculiaridad se debiera a su pasión por la poesía, o a los valores inculcados por su padre. Fuera como fuese, parecía disfrutar más de la vida que cualquier otra persona, y eso era lo primero que la había atraído de él.

—¿En qué piensas?

Su voz la devolvió al presente, y Allie se sobresaltó. Se dio cuenta de que no había hablado mucho desde que estaban en la canoa y agradeció el momento de silencio concedido por él. Siempre había sido muy considerado.

—En cosas bonitas —respondió en voz baja, y por

la expresión de los ojos de Noah, comprendió que sabía que pensaba en él. Le alegró que se diera cuenta, y deseó que él también hubiera estado pensando en ella.

Entonces una emoción comenzó a vibrar en su interior, como había sucedido tantos años atrás. Se sentía así siempre que lo observaba, siempre que observaba los movimientos de su cuerpo. Y cuando sus ojos se encontraron durante unos segundos, sintió una oleada de calor en el cuello y en los pechos, se ruborizó, y miró hacia otro lado antes que él lo notara.

—¿Cuánto falta? —preguntó.

—Unos setecientos metros.

Después de una pausa, Allie dijo:

—Es un sitio bonito. Tan limpio, tan tranquilo. Es casi como un viaje al pasado.

—Supongo que, en cierto modo, lo es. El río nace en el bosque. No hay una sola granja entre su nacimiento y este lugar, y el agua es tan pura como la de la lluvia. Probablemente siga siendo tan pura como al principio.

Allie se inclinó hacia él.

—Dime, Noah, ¿qué es lo que más recuerdas del verano que pasamos juntos? —Todo.

—¿Nada en particular?

—No —respondió.

—¿No lo recuerdas?

Tardó un minuto en responder, y lo hizo en voz baja, grave:

—No, no es eso. No es lo que piensas. Cuando digo "todo", hablo en serio. Recuerdo cada instante que pasamos juntos, y todos fueron maravillosos. No puedo elegir un momento que significara para mí más que otro. Todo el verano fue perfecto, la clase de verano que todo el mundo debería tener la oportunidad de vivir. ¿Cómo iba a elegir uno en particular?

"Los poetas casi siempre describen el amor como un sentimiento que escapa a nuestro control, que vence a la lógica y al sentido común. En mi caso, fue exactamente así. No esperaba enamorarme de ti y dudo mucho de que tú tuvieras previsto enamorarte de mí. Pero cuando nos conocimos, ninguno de los dos pudo evitarlo. Nos enamoramos a pesar de nuestras diferencias y, al hacerlo, creamos un sentimiento singular y maravilloso. Para mí, fue un amor que sólo puede existir una vez, y por eso cada minuto que pasamos juntos ha quedado grabado en mi memoria. Nunca olvidaré un solo instante de nuestra relación.

Allie lo miró fijamente. Nunca le habían dicho nada semejante. Jamás. No supo qué responder, y permaneció callada, con las mejillas teñidas de rubor.

—Lamento si te he hecho sentir incómoda, Allie. No era mi intención. Pero he tenido presente aquel verano constantemente, y quizá siga siendo siempre así. Sé que las cosas ya no serán iguales entre nosotros, pero eso no cambia lo que sentí por ti entonces.

Allie respondió con voz sosegada, cargada de emoción:

—No me has hecho sentir incómoda, Noah... Lo que pasa es que no estoy acostumbrada a que me digan esas cosas. Lo que has dicho es hermoso. Se necesita alma de poeta para hablar de esa manera, y, como ya te he dicho, tú eres el único poeta que he conocido.

Un sereno silencio cayó sobre ellos. Un águila gritó a lo lejos. Un salmonete saltó cerca de la orilla. Los remos se movían rítmicamente, produciendo pequeñas olas que mecían suavemente la embarcación. La brisa había cesado y las nubes se oscurecían a medida que la canoa avanzaba hacia su destino desconocido.

Allie estaba pendiente de todo, de cada sonido, de cada sensación. Sus sentidos se habían aguzado, llenándola de vitalidad. Repasó mentalmente todo lo ocurrido durante las últimas semanas. Recordó la ansiedad que le producía la idea de hacer esa visita. La impresión que le había causado la nota del diario, las noches en vela, su malhumor durante el día. Apenas un día antes, el miedo le había hecho pensar en escapar. Ahora el nerviosismo había desaparecido por completo, reemplazado por otro sentimiento, y se congratuló por ello mientras navegaba en silencio en la vieja canoa roja.

Se sentía curiosamente satisfecha de estar allí, contenta de que Noah siguiera siendo el hombre que ella imaginaba, feliz por haber podido comprobarlo. En los últimos años, había visto demasiados hombres destrozados por la guerra, el paso del tiempo o incluso el dinero. Se necesitaba valor para seguir fiel a la pasión secreta, y Noah lo había hecho.

El mundo era de los trabajadores, no de los poetas, y a mucha gente le costaría entender a alguien como Noah. Como decía la prensa, los Estados Unidos atravesaban una época floreciente, y la gente miraba al futuro, intentaba olvidar los horrores de la guerra. Allie comprendía sus razones, pero la mayoría de sus conocidos se dejaban obsesionar, como Lon, por el trabajo y el dinero, descuidando las cosas que embellecían al mundo.

¿Conocía a alguien en Raleigh capaz de dedicar su tiempo libre a reformar una casa? ¿Alguna de sus amistades leía a Whitman, o a Eliot, y encontraba en ellos imágenes de la mente, ideas del espíritu? ¿O salían a contemplar el amanecer desde la proa de una canoa? Esas cosas no hacían prosperar a la sociedad, pero eso no justificaba que la gente les concediera tan poca importancia. Al fin y al cabo, hacían que valiera la pena vivir.

En su opinión, pasaba otro tanto con el arte, aunque no había tomado conciencia de ello hasta llegar allí. O, más bien, lo había recordado. En un tiempo lo tenía claro, y una vez más se maldijo por haber olvidado lo importante que era crear belleza. La pintura era su vocación, ahora estaba segura. Sus sentimientos de esa mañana se lo confirmaban, y decidió que, pasara lo que pasare, se concedería otra oportunidad. Una oportunidad justa, sin importarle lo que dijeran los demás.

¿Lon la animaría a pintar? Recordó que un par de meses después de empezar a salir con él le había enseñado uno de sus cuadros. Era una pintura abstracta, que supuestamente debía inspirar ideas. Se parecía ligeramente al cuadro que Noah tenía encima de la chimenea, ese que él entendía tan bien, aunque quizá fuera algo menos apasionado. Lon lo había mirado con atención, estudiándolo, y luego le preguntó qué era. Allie no se molestó en contestar.

Sacudió la cabeza, consciente de que no era del todo justa con Lon. Lo quería, y siempre lo había querido, por otras razones. Aunque no se parecía a Noah, era buena persona, y siempre había sospechado que acabaría casándose con un hombre así. Con Lon no habría sorpresas, y era un alivio saber qué le depararía el destino. Él sería un buen marido, y ella una buena esposa. Tendría un casa cerca de su familia y sus amistades, hijos, un lugar respetable en la sociedad. La clase de vida que siempre había esperado, la que siempre había deseado. Y aunque no podía calificar su relación con Lon de apasionada, hacía tiempo que se había convencido a sí misma de que la pasión no era necesaria, ni siquiera con su futuro marido. De todos modos, se esfumaría con el tiempo, dejando paso a la amistad y el compañerismo. Ella y Lon compartían esas cosas, y Allie había llegado a la conclusión de que era lo único que necesitaba.

Pero ahora, mirando remar a Noah, se cuestionó esa suposición. Noah exudaba sensualidad en todo lo que hacía, era una encarnación de la sensualidad, y, de repente, comenzó a pensar en él de una forma completamente inapropiada para una mujer prometida. No quería mirarlo, y desviaba la vista con frecuencia, pero él se movía con tanta gracia, que tenía que hacer grandes esfuerzos para quitarle los ojos de encima.

—Ya hemos llegado —dijo Noah, mientras enfilaba la canoa hacia unos árboles de la orilla.

Allie miró alrededor y no vio nada especial.

—¿Dónde es?

—Aquí —respondió él, señalando un viejo árbol inclinado sobre el agua que oscurecía una abertura y la ocultaba casi por completo. Esquivó el árbol, y los dos tuvieron que agachar la cabeza para no golpearse.

—Cierra los ojos —murmuró, y Allie obedeció, tapándoselos con las manos. Oyó el suave oleaje y sintió el movimiento de la canoa, avanzando sobre la corriente.

—Muy bien —dijo por fin, cuando paró de remar—. Ahora puedes abrirlos.

Cisnes y tormentas

Estaban en medio de un pequeño lago, alimentado por las aguas del río Creek. No era grande —quizá cien metros de ancho—, pero a Allie la sorprendió que, apenas unos segundos antes, estuviera completamente oculto a la vista.

Era espectacular. Estaban literalmente rodeados por cisnes y patos salvajes. Miles de aves. Algunos nadaban tan apiñados que no dejaban ver el agua. Desde lejos, los grupos de cisnes parecían témpanos de hielo.

—¡Oh, Noah! —dijo finalmente en voz baja—, ¡es precioso!

Contemplaron la escena en silencio durante largo rato. Noah señaló un grupo de crías recién salidas del cascarón que seguían a una bandada de gansos junto a la orilla, esforzándose por alcanzarla.

Mientras la canoa surcaba el agua, el aire se llenó de graznidos y gorjeos. La mayoría de las aves se mostraba totalmente indiferente a su presencia. Las únicas que se fijaban en ellos eran las que se veían obligadas a moverse al paso de la canoa. Allie extendió una mano y tocó a los cisnes más cercanos, sintiendo cómo las plumas se erizaban bajo sus dedos.

Noah le pasó la bolsa de pan. Ella arrojó las migas al agua, favoreciendo a las crías, y rió al verlas nadar en círculos, buscando la comida.

Siguieron en el mismo sitio hasta que oyeron el primer trueno —lejano pero potente—, y entonces los dos comprendieron que era hora de regresar.

Noah giró la canoa hacia la corriente, remando con más fuerza.

Allie seguía fascinada por la escena que acababa de contemplar.

—¿Qué hacen aquí, Noah?

—No tengo la menor idea. Sé que los cisnes del norte migran al lago Matamuskeet todos los inviernos, pero parece que esta vez han venido hacia aquí. Ignoro por qué. Puede que tenga que ver con las nevadas tempranas. O quizá equivocaron el rumbo. De cualquier modo, sabrán volver.

—¿No se quedarán?

—Lo dudo. Actúan por instinto, y este no es su sitio. Es posible que algunos gansos pasen el invierno aquí, pero los cisnes volverán a Matamuskeet.

Noah remaba con energía, mientras los nubarrones se cernían sobre sus cabezas. Comenzó a llover, una llovizna fina al principio, luego más fuerte. Un relámpago... una pausa... y otro y un trueno. Esta vez más cercano, quizá a nueve o diez kilómetros de distancia. A medida que la lluvia arreciaba, Noah comenzó a remar con más fuerza, contrayendo los músculos con cada movimiento.

Las gotas eran más gruesas. Caían...

Caían empujadas por el viento... gruesas y punzantes.

Noah remaba... jugando una carrera con las nubes...
y sin embargo mojándose... maldiciéndose a sí mismo...
perdiendo la batalla contra la madre naturaleza.

Ahora la lluvia era constante, y Allie la contempló
caer en diagonal desde el cielo, intentando desafiar a la
fuerza de gravedad mientras avanzaba con los vientos
del oeste y silbaba entre los árboles. El cielo se oscureció un poco más, y las nubes descargaron grandes
gotas. Gotas de tempestad.

Allie disfrutaba con la lluvia, y echó la cabeza hacia
atrás para que le mojara la cara. Sabía que en un par de
minutos la pechera de su vestido estaría empapada,
pero no le importó. ¿Lo habría notado Noah? Suponía
que sí.

Se pasó las manos por el cabello húmedo. Era una
sensación maravillosa; ella se sentía de maravilla, el
mundo era una maravilla. A pesar del ruido de la lluvia,
oyó la respiración agitada de Noah y aquel sonido la
excitó sexualmente, como no se había excitado en
muchos años.

Una nube se descargó directamente encima de ellos
y la lluvia arreció. Nunca había visto llover con tanta
fuerza. Allie miró hacia arriba y rió, abandonando
cualquier intento por protegerse, tranquilizando a
Noah. Hasta ese momento, él no sabía cómo se sentía.
Aunque habían ido allí por decisión de ella, dudaba de
que Allie sospechase que iba a desatarse una tormenta
tan fuerte.

Al cabo de un par de minutos llegaron al embarcadero y Noah acercó la canoa lo suficiente para que Allie
pudiera bajar. La ayudó a levantarse, saltó y arrastró la
embarcación sobre la orilla para que el agua no se la
llevara. La amarró al embarcadero por precaución,

sabiendo que unos minutos más bajo la lluvia no lo afectarían.

Mientras ataba la canoa, miró a Allie y contuvo la respiración. Estaba increíblemente hermosa, mirándolo con serenidad bajo la lluvia. No intentaba protegerse ni taparse, y vio el contorno de sus pechos a través de la tela del vestido ceñido a su cuerpo. El agua de lluvia no era fría, pero de todos modos notó sus pezones erectos y protuberantes, duros como pedruscos. Sintió un hormigueo en la entrepierna y se apresuró a volverse de espaldas, avergonzado, murmurando para sí, agradecido de que la lluvia ahogara cualquier sonido. Cuando terminó y se levantó, Allie lo sorprendió tomándole la mano. A pesar del aguacero, no corrieron hacia la casa, y Noah fantaseó con pasar la noche con ella.

Allie pensaba en lo mismo. Sintió la calidez de sus manos y las imaginó tocando su cuerpo, acariciándola entera, recreándose en su piel. La sola idea la hizo respirar hondo; sintió un hormigueo en los pezones y un calor nuevo entre las piernas.

Entonces comprendió que algo había cambiado desde su llegada. Aunque no podía precisar el momento en que había comenzado —el día anterior después de la cena, aquella misma tarde en la canoa, acaso cuando vieron los cisnes o ahora, mientras caminaban tomados de la mano— supo que había vuelto a enamorarse de Noah Taylor Calhoun, o que quizá, sólo quizá, nunca había dejado de quererlo.

Ninguno de los dos parecía incómodo cuando llegaron a la puerta de la casa, entraron y se detuvieron un momento en el vestíbulo, con la ropa chorreando.

—¿Trajiste otra muda? —Allie negó con la cabeza,

111

sumida aún en un torbellino de emociones, y preguntándose si su cara delataría sus sentimientos. —Supongo que podré encontrar algo para que te cambies. Quizá te quede grande, pero te hará entrar en calor.

—Cualquier cosa servirá —respondió Allie.

—Vuelvo en un segundo.

Noah se quitó las botas, corrió escaleras arriba y regresó un minuto después. Llevaba un par de pantalones de algodón y una camisa de manga larga bajo un brazo, y unos vaqueros y una camisa azul en el otro.

—Toma —dijo, entregándole los pantalones de algodón y la camisa—. Puedes cambiarte arriba, en el dormitorio. Allí hay un baño, y te he dejado una toalla, por si quieres ducharte.

Allie le dio las gracias con una sonrisa y subió la escalera, sintiendo los ojos de Noah fijos en su espalda. Entró en la habitación, cerró la puerta, dejó el pantalón y la camisa sobre la cama y se desvistió. Una vez desnuda, sacó una percha del armario, colgó el vestido, el corpiño y la bombacha, y llevó la percha al baño para que la ropa no goteara sobre el suelo de madera. La idea de estar desnuda en la misma habitación donde dormía Noah le produjo una inconfesable excitación.

No quería ducharse después de haber estado bajo la lluvia. Sentía la piel suave, y esa sensación le recordó la forma en que vivía la gente en otros tiempos. Naturalmente, como Noah. Se vistió con la ropa que él le había dado y se miró al espejo. Los pantalones eran grandes, pero metiendo la camisa dentro conseguiría mantenerlos en su sitio, y dobló los bajos para que no rozaran el suelo. El cuello de la camisa estaba descosido y prácticamente colgaba sobre un hombro, pero de todos modos le pareció que la favorecía. Se arremangó la camisa casi hasta los codos, abrió un cajón de la cómoda, se puso unas medias, y volvió a entrar en el baño para buscar un cepillo.

Se cepilló el cabello sólo lo indispensable para desenredarlo, dejándolo caer sobre sus hombros. Se miró al espejo y deseó haber llevado consigo una hebilla o unas horquillas.

También le hubiera venido bien un poco más de rímel, pero, ¿qué podía hacer al respecto? Sus pestañas todavía tenían restos del que se había puesto antes, y lo extendió como pudo con una manopla de ducha húmeda.

Cuando terminó, volvió a mirarse al espejo, se vio bonita a pesar de todo, y regresó a la planta baja.

Noah estaba en el living-room, de cuclillas frente a la chimenea, avivando el fuego. No la oyó entrar y Allie lo miró en silencio. Él también se había cambiado de ropa y tenía buen aspecto con sus hombros anchos, el pelo rozando el cuello, los vaqueros ceñidos. Atizaba el fuego, moviendo los leños más grandes y añadiendo ramitas pequeñas. Allie se apoyó sobre el marco de la puerta y siguió mirándolo. En pocos minutos, el fuego ardió con llamas grandes y constantes. Noah se volvió para acomodar los leños que quedaban y la vio por el rabillo del ojo. Se volvió rápidamente hacia ella.

Allie estaba hermosa incluso con su ropa. Tras mirarla un segundo, desvió la vista con timidez, y volvió a acomodar los troncos.

—No te oí entrar —dijo, tratando de imprimir naturalidad a su voz.

—Lo sé. No esperaba que lo hicieras.

Allie supo cómo se había sentido al mirarla, y su aire de colegial le causó cierta gracia.

—¿Cuánto hace que estás ahí?

—Un par de minutos.

Noah se limpió las manos en los pantalones y señaló hacia la cocina.

—¿Por qué no haces un poco de té? Puse el agua a calentar mientras estabas arriba.

Quería hablar de trivialidades, de cualquier cosa que le permitiera mantener la mente clara. Demonios, estaba tan bonita...

Allie reflexionó un momento, reparó en la forma en que la miraba, y sus instintos más primitivos volvieron a apoderarse de ella.

—¿Tienes algo más fuerte, o es demasiado pronto para una copa?

Noah sonrió.

—Tengo whisky en la alacena. ¿Te parece bien?

—Espléndido.

Caminó hacia la puerta, se pasó una mano por el pelo húmedo y desapareció en la cocina.

Se oyó un trueno ensordecedor y cayó otro chaparrón. Allie oyó la lluvia en el tejado, el chisporroteo de la leña mientras las llamas temblorosas iluminaban la habitación. Miró por la ventana y vio cómo el cielo gris se aclaraba apenas por un segundo. Al cabo de un instante, oyó otro trueno. Esta vez más cercano.

Tomó una manta del sofá y se sentó sobre la alfombra, frente al fuego. Cruzó las piernas, se envolvió con la manta en la posición más cómoda posible, y contempló las llamas danzarinas. Noah volvió, la miró y se sentó junto a ella. Apoyó dos vasos en el suelo y sirvió el whisky. Fuera, el cielo se oscureció aún más.

Otro trueno, esta vez más fuerte. La tormenta rugía con furia, los vientos formaban torbellinos con el agua.

—Es una señora tormenta —comentó Noah mirando las hileras de gotas que caían verticalmente sobre los vidrios de las ventanas.

Allie y él estaban muy cerca, aunque no se tocaban. Noah vio cómo el pecho de la joven se levantaba ligeramente con cada inspiración y volvió a fantasear con el contacto de su cuerpo, pero luchó contra aquellos pensamientos.

—Me gusta —aseguró ella bebiendo un sorbo de whisky—. Siempre me han gustado las tormentas eléctricas. Incluso cuando era pequeña.

—¿Por qué? —preguntó él por decir algo, por mantener la calma.

—No sé. Siempre me han parecido románticas.

Guardó silencio un momento, y Noah miró el reflejo de las llamas en sus ojos esmeralda. Luego Allie dijo:

—¿Recuerdas que pocas noches antes que me marchara, nos sentamos juntos a mirar una tormenta?

—Claro que lo recuerdo.

—Cuando volví a casa, no podía dejar de pensar en ese día. Me obsesionaba el aspecto que tenías aquella noche. Siempre te recordé así.

—¿He cambiado mucho?

Allie bebió otro sorbo de whisky y sintió el calor del líquido en la garganta. Cuando respondió, le rozó las manos.

—En realidad, no. Al menos en las cosas que yo recuerdo. Has madurado, desde luego, y se nota que has vivido, pero aún conservas el mismo brillo en los ojos. Todavía lees poesía y navegas en el río. Y todavía tienes una dulzura que ni siquiera la guerra pudo robarte.

Noah pensó en sus palabras y sintió el contacto de su mano en la suya, su pulgar trazando círculos lentamente.

—Allie, antes me preguntaste qué era lo que recordaba mejor de aquel verano. ¿Qué recuerdas tú?

Ella tardó unos minutos en contestar. Cuando lo hizo, su voz pareció llegar desde un lugar muy lejano.

—Recuerdo que hicimos el amor. Es el recuerdo más vivo. Tú fuiste el primero, y fue mucho más hermoso de lo que nunca hubiera llegado a soñar.

Noah bebió un trago de whisky, recordando, reviviendo los viejos sentimientos, pero de repente sacudió la cabeza. Las cosas ya eran demasiado difíciles tal como estaban. Allie prosiguió:

—Recuerdo que tenía tanto miedo que temblaba, pero al mismo tiempo estaba muy excitada. Me alegro de que fueras el primero. Me alegro de que compartiéramos aquella experiencia.

—Yo también.

—¿Estabas tan asustado como yo? —Noah asintió en silencio, y ella premió su sinceridad con una sonrisa.

—Lo suponía. Siempre fuiste tímido, sobre todo al principio. Recuerdo que me preguntaste si tenía novio, y cuando te contesté que sí, prácticamente dejaste de hablarme.

—No quería interponerme entre ustedes.

—Pero al final lo hiciste, a pesar de tu aparente inocencia —señaló Allie con una sonrisa—. Y me alegro.

—¿Le contaste lo nuestro?

—Sí, cuando volví a casa.

—¿Te resultó difícil?

—En absoluto. Yo estaba enamorada de ti.

Le apretó la mano, la soltó, y se acercó más. Enlazó un brazo en el de él y apoyó la cabeza en su hombro. Noah aspiró su aroma, suave como el de la lluvia, cálido. Allie prosiguió:

—¿Recuerdas que después del festival me acompañaste a casa? Te pregunté si querías verme otra vez. Tú asentiste con la cabeza y no dijiste una palabra. No parecías muy entusiasmado.

—Nunca había conocido a nadie como tú. No sabía qué decir. No pude evitarlo.

—Lo sé. No sabías ocultar tus sentimientos. Los ojos te delataban. Tenías los ojos más bonitos que había visto en mi vida. —Hizo una pausa, levantó la cabeza del hombro de Noah y lo miró directamente a los ojos. Cuando continuó, su voz era sólo un susurro: —Creo que aquel verano te quise más de lo que he querido nunca a nadie.

Hubo otro relámpago, y en el silencio que precedió al trueno, sus ojos se encontraron, intentando borrar los catorce años pasados. Los dos eran conscientes del cambio que habían experimentado desde el día anterior. Cuando por fin resonó el trueno, Noah suspiró y apartó la vista, mirando hacia las ventanas.

—Ojalá hubieras leído las cartas que te mandé —dijo.

Allie permaneció callada un rato largo.

—No dependía sólo de ti, Noah. No te lo he dicho, pero yo también te escribí al menos una docena de cartas cuando llegué a casa. Sin embargo, nunca las envié.

—¿Por qué? —preguntó Noah, sorprendido.

—Supongo que tenía miedo.

—¿De qué?

—De que nuestro amor no fuera tan auténtico como yo creía. De que me hubieras olvidado.

—Yo nunca hubiera hecho algo así. Es inconcebible.

—Ahora lo sé. Lo veo cuando te miro. Pero entonces era diferente. Había tantas cosas que no entendía, cosas que mi mente de adolescente era incapaz de desentrañar.

—¿A qué te refieres?

Allie hizo una pausa para ordenar sus ideas.

—Cuando vi que no me escribías, no supe qué pensar. Recuerdo que hablé con mi mejor amiga de lo ocurrido durante el verano y ella me dijo que habías conseguido lo que querías y que no le sorprendía que no escribieras. Yo no podía creer que fueras de esa clase de chicos, pero escuchar ese comentario y pensar en nuestras diferencias me hizo temer que tal vez tú significaras mucho más para mí que yo para ti... Luego, cuando esa idea todavía me daba vueltas en la cabeza, recibí noticias de Sarah. Me dijo que te habías marchado de New Bern.

—Fin y Sarah siempre supieron dónde estaba...

Allie lo detuvo, tapándole la boca con la mano.

—Lo sé, pero yo nunca pregunté. Supuse que te habías ido de New Bern para empezar una nueva vida sin mí. ¿Por qué, si no, no me habías escrito ni telefoneado ni visitado? —Noah apartó la vista sin responder y ella prosiguió: —No lo entendía, y con el tiempo el dolor comenzó a aliviarse y pensé que me resultaría más fácil olvidarte. Eso creía entonces, pero después, cada vez que conocía a un chico, no podía evitar compararlo contigo. Entonces, cuando los sentimientos se intensificaban, te escribía otra carta. Pero nunca las envié por temor a lo que podría descubrir. Para entonces, tú ya habrías rehecho tu vida y temía que estuvieras enamorado de otra. Quería recordarnos tal como éramos en aquel verano. No quería renunciar a ese recuerdo.

Pronunció esas palabras con tanta dulzura e inocencia, que Noah hubiera querido besarla en cuanto terminó. Pero no lo hizo. Luchó con su deseo y lo reprimió, consciente de que era lo último que necesitaba Allie. Sin embargo, era tan maravilloso tenerla a su lado, tocándolo...

—La última carta la escribí hace un par de años. Cuando conocí a Lon, escribí a tu padre para preguntarle dónde estabas. Pero había pasado tanto tiempo, que ni siquiera sabía si él seguiría en el mismo sitio. Y teniendo en cuenta que había habido una guerra...

Se interrumpió y permanecieron un momento callados, absortos en sus pensamientos. Otro relámpago iluminó el cielo, y finalmente Noah rompió el silencio.

—Ojalá la hubieras enviado.

—¿Por qué?

—Porque me habría gustado saber de ti. Enterarme de qué había sido de tu vida.

—Te habría decepcionado. Mi vida no es muy emocionante. Además, ya no soy como me recordabas.

—Eres mejor de como te recordaba, Allie.

—Y tú eres un encanto, Noah.

Él estuvo a punto de dejar las cosas así, sabiendo que si se reservaba sus pensamientos, le resultaría más fácil mantener el control, el mismo control que había mantenido en los últimos catorce años. Pero otra emoción se había apoderado de él en los últimos minutos, y se rindió a ella con la esperanza de que, de alguna manera, les permitiera recuperar lo vivido tanto tiempo atrás.

—No lo digo porque sea un encanto. Lo digo porque siempre te he querido y te sigo queriendo. Mucho más de lo que imaginas.

Un leño se partió, despidiendo chispas en la chimenea, y ambos advirtieron que las brasas se habían consumido casi por completo. El fuego necesitaba más leña, pero ninguno de los dos se movió.

Allie bebió otro sorbo de whisky y empezó a notar sus efectos. Pero no fue sólo el alcohol lo que la hizo estrecharse más contra el cuerpo de Noah y buscar su calor. Miró por la ventana y vio que las nubes estaban prácticamente negras.

—Deja que avive el fuego —dijo Noah, consciente de que necesitaba apartarse para pensar, y Allie lo soltó. Se acercó a la chimenea, retiró la pantalla protectora y añadió un par de leños. Acomodó la madera con el atizador, asegurándose de que los nuevos leños se encendieran con facilidad.

Las llamas comenzaron a extenderse otra vez, y Noah regresó junto a Allie. Ella volvió a acurrucarse junto a él, apoyó nuevamente la cabeza sobre su hombro y le acarició el pecho en silencio. Noah se acercó más y le habló al oído.

—Esto me recuerda un tiempo lejano. Cuando éramos adolescentes.

Allie sonrió, pensando en lo mismo, y miraron el humo y el fuego, abrazados.

—Noah, aunque no me lo has preguntado, quiero que sepas una cosa.

—¿Qué?

—Nunca hubo otro hombre —respondió con voz

120

tierna—. No sólo fuiste el primero, sino el único. Nunca me he acostado con otro. No espero que me digas nada semejante, pero quería que lo supieras. Noah apartó la vista en silencio. Allie siguió mirando el fuego, sintiendo que su pasión crecía. Acarició los músculos duros y firmes del pecho de Noah por debajo de la camisa.

Recordó que una vez se habían abrazado de aquel modo, pensando que sería la última vez. Estaban sentados sobre un dique construido para contener las aguas del río Neuse. Ella lloraba porque cabía la posibilidad de que no volvieran a verse y se preguntaba si alguna vez volvería a ser feliz. En lugar de responder, él le había entregado una nota, que Allie leyó camino a casa. La había guardado, y de vez en cuando la releía, entera o por partes. Había leído un par de párrafos centenares de veces, y por alguna razón, ahora volvieron a su mente. Decía:

Nos duele tanto separarnos porque nuestras almas están unidas. Es probable que siempre lo hayan estado y que siempre lo estén. Quizá hayamos vivido mil vidas antes que esta y nos hayamos encontrado en cada una de ellas. Y hasta es posible que en cada ocasión nos hayamos separado por los mismos motivos. Eso significa que este adiós es a un tiempo un adiós de diez mil años y un preludio de lo que vendrá.

Cuando te miro, contemplo tu belleza y tu gracia y sé que han crecido con cada vida que has vivido. También sé que te he estado buscando durante todas mis vidas anteriores. No buscaba a alguien como tú, sino a ti, pues tu alma y la mía

*están destinadas a estar juntas. Y sin embargo, por
razones que escapan a nuestro entendimiento, nos
han obligado a despedirnos.*

*Me gustaría decirte que todo se arreglará entre
nosotros, y te prometo hacer lo que esté en mis
manos para que así sea. Pero si no volvemos a
vernos y esta es una verdadera despedida, sé que
nos reencontraremos en otra vida. Volveremos a
encontrarnos, y aunque las estrellas hayan cambiado, no nos amaremos sólo por esa vez, sino por
todas las veces anteriores.*

¿Era posible? ¿Tendría razón? Allie nunca lo había
descartado por completo, y se aferraba a su promesa
por las dudas. Esa predicción la había ayudado a superar muchos momentos difíciles. Pero su presencia allí
parecía poner en entredicho la teoría de que estaban
predestinados a vivir separados. A menos que los astros
hubieran cambiado desde su último encuentro.

Quizá lo hubieran hecho, pero Allie no quiso mirar. En cambio, se arrimó más a Noah y sintió su calor,
el contacto de su piel, de su brazo rodeándole los
hombros. Y su cuerpo comenzó a temblar de expectación, como el primer día que habían estado juntos.

¡Se sentía tan a gusto! Todo le parecía bien: el fuego,
las copas, la tormenta... no había una situación más
perfecta. Como por arte de magia, los años de separación perdieron importancia.

Fuera, un relámpago surcó el cielo. Las llamas
danzaban sobre los leños al rojo blanco. La lluvia de
octubre caía torrencialmente sobre las ventanas, sofo-
cando cualquier otro sonido.

Por fin se rindieron a los sentimientos que habían

reprimido durante los últimos catorce años. Allie levantó la cabeza del hombro de Noah, lo miró con ojos brumosos, y él le besó los labios con ternura. Ella alzó la mano y le acarició la mejilla con los dedos. Noah se inclinó despacio y volvió a besarla, siempre con suavidad y dulzura, pero ella devolvió el beso, sintiendo que los años de separación se desvanecían para trocarse en pasión.

Allie cerró los ojos y entreabrió los labios, mientras el acariciaba sus brazos de arriba abajo, despacio, suavemente. Le besó el cuello, la mejilla, los párpados, y ella sintió la humedad de su boca en cada sitio que tocaban los labios. Le tomó la mano y la guió a sus pechos, y cuando él los acarició por encima de la fina tela de la camisa, dejó escapar un gemido.

Se separó de él con la sensación de estar soñando y la cara encendida por el calor del fuego. Comenzó a desabrocharle la camisa en silencio. Noah la miró y oyó su respiración entrecortada mientras sus dedos descendían por la camisa. Con cada nuevo botón, él sentía el roce de sus dedos sobre su piel. Cuando por fin terminó, Allie le sonrió con ternura. Luego deslizó las manos por debajo de la tela, tocándolo con toda la suavidad posible, explorando su cuerpo. Noah se excitó al sentir sus dedos sobre el pecho ligeramente húmedo, enredándose en el vello. Allie se inclinó y le besó el cuello con ternura mientras le pasaba la camisa por encima de los hombros y le rodeaba el torso con los brazos. Levantó la cabeza y dejó que él la besara mientras rotaba los hombros y se liberaba de las mangas.

Entonces él extendió los brazos, le levantó la camisa, y acarició lentamente su vientre con un dedo antes de quitarle la prenda. Bajó la cabeza para besarla entre los pechos y luego ascendió despacio con la lengua hasta el cuello, dejándola sin respiración. Sus manos le acariciaron suavemente la espalda, los brazos, los hombros, hasta que sus cuerpos ardientes se unieron, piel con piel. Noah le besó el cuello y lo mordisqueó suavemente mientras ella levantaba las caderas para permitirle que le quitara los pantalones. Allie buscó a tientas el cierre de los vaqueros de Noah, lo descorrió, y miró a Noah mientras se los quitaba. Por fin sus cuerpos desnudos se unieron como en cámara lenta, y los dos se estremecieron con el recuerdo de una experiencia compartida tanto tiempo atrás.

Noah le lamió el cuello mientras sus manos acariciaban la piel tersa y caliente de sus pechos, descendían hasta el vientre y la entrepierna y volvían a subir. Estaba fascinado por su belleza. Su cabello sedoso reflejaba la luz y la hacía brillar. Su piel tersa y hermosa resplandecía a la luz del fuego. Sentía las manos de Allie en su espalda, atrayéndolo hacia ella.

Se tendieron junto a la chimenea; el aire estaba denso por el calor del fuego. La espalda de Allie estaba ligeramente arqueada cuando él rodó encima de ella con un movimiento suave y fluido. Él quedó a gatas encima de ella, con las rodillas abiertas sobre sus caderas. Allie levantó la cabeza para besarle el cuello y la barbilla, y con la respiración entrecortada, le lamió los hombros, saboreando el sudor de su cuerpo. Le pasó las manos por el pelo mientras él se encaramaba sobre ella, con los brazos de los músculos contraídos por el esfuerzo. Allie hizo un pequeño gesto de invitación y tiró de él, pero Noah se resistió. En cambio, descendió y rozó su pecho ligeramente contra el de ella, y Allie sintió que su cuerpo se estremecía de expectación.

Noah repitió el movimiento una y otra vez, despacio, besando cada parte de su cuerpo, escuchando los pequeños gemidos de Allie mientras se movía encima de ella.

Siguió así hasta que ella no pudo resistir más, y cuando por fin se unieron en un solo ser, Allie gritó y hundió los dedos en su espalda. Escondió la cara en su cuello, sintiéndolo en su interior, gozando de su fuerza y su ternura, sus músculos y su alma. Se movió rítmicamente contra su cuerpo, dejando que la llevara donde quisiera, al lugar donde debía estar.

Abrió los ojos y lo miró a la luz del fuego, maravillándose de su belleza mientras se movía encima de ella. El cuerpo de Noah brillaba, perlado de sudor, y las gotas cristalinas caían sobre su cuerpo como la lluvia. Todas sus responsabilidades, todas las facetas de su vida, su propia conciencia, escapaban con cada gota, con cada exhalación.

Sus cuerpos reflejaban todo lo que daban y tomaban, y Allie se sintió recompensada por una sensación cuya existencia desconocía. La sensación continuó y continuó, hormigueando en cada poro de su cuerpo, haciendo hervir su piel, hasta que se desvaneció. Entonces se estremeció debajo de Noah, conteniendo el aliento. Pero en cuanto la primera sensación se diluyó, otra comenzó a apoderarse de ella, y empezó a experimentarlas una tras otra, en largas secuencias. Cuando la lluvia amainó y el Sol se puso en el horizonte, su cuerpo, aunque rendido, se resistía a abandonar el placer.

Pasaron el día uno en brazos del otro; cuando no estaban haciendo el amor junto a la chimenea, contemplaban abrazados las llamas que devoraban los leños.

125

De vez en cuando, Noah le recitaba un poema, y ella lo escuchaba tendida a su lado, con los ojos cerrados, sintiendo cada palabra. Luego, en cuanto recuperaban las fuerzas, sus cuerpos volvían a unirse, y Noah le murmuraba palabras de amor al oído, entre beso y beso. Continuaron así hasta el anochecer, resarciéndose de los años de separación, y esa noche durmieron abrazados. Noah se despertó varias veces, y al contemplar el cuerpo agotado y radiante de Allie, pensó que su vida se había compuesto súbitamente.

En una de esas ocasiones, poco antes del amanecer, Allie abrió los ojos, sonrió y alzó la mano para acariciarle la cara. Noah le cubrió la boca con una mano, suavemente, para impedirle hablar, y durante un largo instante simplemente se miraron el uno al otro.

Cuando el nudo en su garganta se disipó, Noah susurró:

—Eres la respuesta a todas mis plegarias. Eres una canción, un sueño, un murmullo, y no sé cómo he podido vivir tanto tiempo sin ti. Te quiero, Allie, te quiero mucho más de lo que imaginas.

—Ay, Noah —respondió ella atrayéndolo hacia sí. Ahora, más que nunca, lo deseaba, lo necesitaba más que a nada en el mundo.

En los tribunales

Esa misma mañana, un poco más tarde, tres hombres —dos abogados y un juez— se reunían en un despacho de los tribunales. Lon terminó de hablar, pero el juez reflexionó unos instantes antes de responder.

—Es una solicitud extraña —dijo, sopesando la situación—. Creo que el juicio podría terminar hoy. ¿Dice que este asunto es tan urgente que no puede esperar a esta noche, o a mañana?

—No, Su Señoría, no puede —respondió Lon, quizá demasiado rápidamente. Tranquilo, relájate, se dijo. Respira hondo.

—¿Y no tiene nada que ver con el caso?

—No, Su Señoría. Es un asunto personal. Sé que es una solicitud fuera de lo común, pero debo ocuparme de esta cuestión de inmediato. —Eso estaba mejor.

El juez se apoyó en el respaldo de su silla y lo miró con ojo crítico durante un momento.

—¿Qué opina usted, señor Bates?

El aludido se aclaró la garganta.

—El señor Hammond me telefoneó esta mañana, y

127

ya he hablado con mis clientes. Están dispuestos a aceptar un aplazamiento hasta el lunes.

—Ya veo —dijo el juez—. ¿Y cree que este aplazamiento podría beneficiar a sus clientes?

—Así es —respondió—. El señor Hammond ha aceptado reanudar las discusiones sobre un asunto no contemplado en el procedimiento.

El juez miró fijamente a los dos abogados y pensó unos segundos.

—Esto no me gusta —declaró por fin—; no me gusta nada. Pero el señor Hammond nunca había hecho una solicitud semejante, por lo que supongo que el asunto es de vital importancia para él. —Hizo una pausa, como para crear expectación, y echó un vistazo a los papeles que había sobre su escritorio. —Acepto un aplazamiento hasta el lunes a las nueve en punto.

—Gracias, Su Señoría —dijo Lon.

Dos minutos después, salió de los tribunales. Echó a andar hacia el coche que había estacionado al otro lado de la calle, subió y condujo en dirección a New Bern con manos temblorosas.

Una visita inesperada

Noah preparó el desayuno para Allie, que dormía en el living-room. Nada espectacular; simplemente panceta, galletas y café. Esperó a que se despertara para llevarle la bandeja, y en cuanto terminaron de desayunar, hicieron el amor una vez más. Fue una apasionada, vehemente confirmación de lo que habían compartido el día anterior. En el flujo de la última oleada de sensaciones, Allie arqueó la espalda y gritó a voz en cuello, luego se abrazó a Noah, y los dos respiraron acompasadamente, exhaustos.

Se ducharon juntos y Allie volvió a ponerse su vestido, que se había secado durante la noche. Pasó la mañana con Noah. Dieron de comer a Clem, examinaron las ventanas para comprobar si la tormenta había causado algún daño. Había derribado dos pinos y arrancado algunas ripias del cobertizo, pero aparte de eso, la propiedad estaba prácticamente intacta.

Estuvieron tomados de la mano la mayor parte de la mañana, conversando animadamente, aunque de vez en cuando Noah callaba y se quedaba mirándola. En esos momentos, Allie sentía que debía decir algo, pero nunca se le ocurría nada significativo y se limitaba a besarlo.

Poco antes del mediodía, comenzaron a preparar el almuerzo. El día anterior no habían comido mucho, y los dos estaban hambrientos. Frieron un poco de pollo, hornearon otra fuente de galletas y salieron a comer al porche, con el canto de un sinsonte como música de fondo.

Cuando estaban lavando los platos, alguien llamó a la puerta. Noah dejó a Allie en la cocina.

Volvieron a llamar.

—Ya voy —gritó Noah—. Otros dos golpes, esta vez más fuertes. —Ya voy —repitió Noah mientras abría la puerta. —¡Dios mío!

Miró un momento a la hermosa cincuentona, una mujer que habría reconocido en cualquier parte. Noah no podía hablar.

—Hola, Noah —dijo ella por fin. Él no respondió.

—¿No me invitas a entrar?

Balbució una respuesta mientras ella pasaba a su lado y se detenía junto a la escalera.

—¿Quién es? —gritó Allie desde la cocina, y la mujer se volvió al oír su voz.

—Tu madre —respondió Noah y de inmediato oyó el ruido de una copa estrellándose contra el suelo.

—Sabía que te encontraría aquí —dijo Anne Nelson a su hija, cuando los tres se sentaron alrededor de la mesa ratona del living-room.

—¿Cómo estabas tan segura?

—Eres mi hija. Cuando tengas hijos, lo entenderás. —Sonrió, pero la rigidez de sus movimientos dio a entender a Noah que estaba pasando un mal momento.

—Yo también leí el artículo y me fijé en tu reacción. Además, en las últimas dos semanas noté que estabas particularmente nerviosa, y cuando dijiste que ibas de compras a la costa, comprendí lo que te proponías.

—¿Y papá?

Anne Nelson sacudió la cabeza.

—No he hablado de esto con tu padre ni con ninguna otra persona. Tampoco le dije a nadie que venía hacia aquí.

Allie y Noah callaron, esperando que continuara, pero Anne no lo hizo.

—¿Por qué viniste? —preguntó por fin Allie.

—Yo iba a hacerte la misma pregunta —respondió su madre arqueando las cejas. Allie palideció. —He venido porque creí que tenía que hacerlo, y estoy segura de que tú me responderías lo mismo. ¿Estoy en lo cierto? —Allie asintió y Anne se volvió hacia Noah: —Supongo en los últimos dos días has recibido muchas sorpresas.

—Sí —respondió él sencillamente, y la mujer le sonrió.

—Aunque no me creas, siempre me has caído bien, Noah. Sin embargo, no me parecías el mejor partido para mi hija. ¿Lo entiendes?

Noah sacudió la cabeza y respondió con voz grave:

—No, en realidad, no. No fue justa conmigo ni con Allie. De lo contrario, ella no estaría aquí ahora.

Anne lo miró, pero no respondió. Allie intervino para evitar una posible discusión.

—¿Qué quisiste decir con que tenías que venir? ¿Acaso no confías en mí?

Anne se volvió hacia su hija.

—Mi visita no tiene nada que ver con el hecho de

que confíe o no en ti. Tiene que ver con Lon. Anoche me telefoneó para preguntarme por Noah, y ahora mismo viene hacia aquí. Parecía muy afectado. Supuse que debías saberlo.

Allie respiró hondo.

—¿Viene hacia aquí?

—Está en camino. Consiguió que aplazaran el juicio hasta el lunes. Si aún no ha llegado a New Ben, estará muy cerca.

—¿Qué le dijiste?

—Poca cosa, pero él lo sabía. Lo sospechaba. Hace tiempo me oyó hacer un comentario sobre Noah y lo recordó.

Allie tragó saliva.

—¿Le has dicho que yo estaba aquí?

—No. Y no lo haré. Es un asunto entre tú y él. Pero, conociéndolo, estoy segura de que averiguará dónde estás. Le bastará con hacer un par de llamadas a las personas indicadas. Al fin y al cabo, yo también te encontré.

Aunque era evidente que Allie estaba preocupada, sonrió a su madre.

—Gracias —dijo, y Anne le tomó la mano.

—Sé que hemos tenido nuestras diferencias, Allie, y que no siempre vemos las cosas de la misma manera. No me considero perfecta, pero te he educado lo mejor que pude. Soy tu madre y siempre lo seré. Y eso significa que siempre te querré.

Allie guardó silencio durante unos instantes, luego preguntó:

—¿Qué puedo hacer?

—No lo sé, Allie. Debes decidirlo tú sola. Pero yo,

en tu lugar, lo pensaría dos veces. Pregúntate qué es lo que quieres realmente.

Allie desvió la vista, y sus ojos se enrojecieron. Un segundo después, una lágrima se deslizó por su mejilla.

—No lo sé... —se interrumpió y su madre le apretó la mano.

Anne miró a Noah, que estaba sentado con la cabeza gacha, escuchando con atención. Como si leyera sus pensamientos, él le devolvió la mirada, hizo un gesto de asentimiento y salió del salón.

Cuando se hubo ido, Anne preguntó en un murmullo:

—¿Lo quieres?

—Sí —respondió Allie en voz baja—. Mucho.

—¿Y quieres a Lon?

—Sí, también lo quiero. Lo quiero mucho, pero de otra manera. No me hace sentir lo mismo que Noah.

—Nadie lo hará —dijo su madre soltándole la mano—. No puedo tomar esta decisión por ti, Allie. Sólo tú puedes hacerlo. Sin embargo, debes saber que te quiero y que siempre te querré. No es una gran ayuda, ya lo sé, pero es lo único que puedo hacer por ti. —Abrió su cartera de mano y sacó un paquete de cartas atadas con una cinta. Los sobres estaban viejos y amarillentos. —Estas son las cartas que te escribió Noah. No las abrí ni me atreví a tirarlas a la basura. Sé que no debí ocultártelas y lo lamento. Sólo quería protegerte. No me había dado cuenta de que... —Allie tomó las cartas y las acarició, emocionada. —Ahora tengo que irme, Allie. Debes tomar una decisión y no te queda mucho tiempo. ¿Quieres que te espere en el pueblo?

Allie negó con la cabeza.

—No. Tengo que arreglármelas sola.

Anne asintió y miró a su hija con aire pensativo. Por fin se levantó, dio la vuelta a la mesa, se inclinó y la besó en la mejilla. Cuando Allie se puso de pie y la abrazó, su madre leyó la duda en sus ojos.

—¿Qué vas a hacer? —preguntó, apartándose un poco.

—No lo sé —respondió Allie tras una larga pausa. Siguieron abrazadas en silencio durante otro minuto.

—Gracias por venir —dijo finalmente—. Te quiero, mamá.

—Y yo a ti.

Anne se dirigió a la puerta, y Allie creyó oírle murmurar "haz lo que te dicte el corazón". Aunque no estaba completamente segura.

En la encrucijada

Noah le abrió la puerta a Anne Nelson.

—Adiós, Noah —dijo la mujer en voz baja.

Él asintió en silencio. No quedaba nada más por decir, y los dos lo sabían. Ella se volvió y salió, cerrando la puerta a su espalda. Noah la vio andar hasta el coche, subir y alejarse sin mirar atrás. Es una mujer fuerte, pensó, y comprendió que Allie había salido a ella.

Noah se asomó al living-room, vio a Allie sentada con la cabeza gacha, y volvió al porche. Sabía que ella necesitaba estar sola. Se sentó en la mecedora y contempló el agua del río.

Después de un tiempo que le pareció eterno, oyó la puerta trasera. No se volvió a mirarla —algo se lo impedía—, pero la oyó sentarse a su lado.

—Lo lamento —dijo Allie—. Nunca imaginé que fuera a pasar algo así.

Noah sacudió la cabeza.

—No lo lamentes. Los dos sabíamos que, tarde o temprano, llegaría este momento.

—De todos modos es muy duro.

—Lo sé. —Por fin se volvió hacia ella y le cogió una

mano. —¿Puedo hacer algo para facilitarte las cosas?
Allie negó con la cabeza.—No, no. Tengo que
hacerlo sola. Además, no sé qué voy a decirle.
—Bajó la vista y añadió en voz más baja y distante,
como si hablara para sí: —Supongo que todo depende
de él y de lo que sepa. Si mi madre está en lo cierto,
sospechará algo, pero no puede estar seguro de nada.

Noah sintió un nudo en el estómago. Cuando por
fin habló, su voz sonó tranquila, aunque Allie advirtió
su dolor.

—No vas a contarle lo nuestro, ¿verdad?

—No lo sé. De verdad. Durante los últimos minutos en el salón, no he hecho más que preguntarme
qué es lo que más quiero en la vida. —Le apretó la
mano—. ¿Y sabes cuál fue la respuesta? Que te quiero
a ti. Que quiero que estemos juntos. Te amo y siempre te he amado. —Respiró hondo y continuó: —Pero también quiero un final feliz, sin herir a nadie. Y
sé que si me quedo, lastimaré a algunas personas.
Sobre todo a Lon. No te mentí cuando dije que lo
quería. No me hace sentir las mismas cosas que tú,
pero le tengo mucho afecto, y no sería justo que le
hiciera esto. Si me quedo aquí, también haré daño a
mi familia y a mis amigos. Sería como traicionarlos
a todos... Y no me siento capaz de hacerlo.

—No puedes supeditar tu vida a los demás. Debes
hacer lo que consideres mejor para ti, aunque con ello
lastimes a tus seres queridos.

—Lo sé —respondió Allie—, pero tendré que
afrontar mi decisión, cualquiera que sea, durante el
resto de mi vida. Para siempre. Tendré que ser capaz de
seguir adelante sin mirar atrás. ¿Me entiendes?

Noah sacudió la cabeza y trató de mantener la calma en su voz.

—No. No si eso significa perderte. No quiero volver a perderte. —Allie bajó la vista en silencio, y Noah continuó: —¿Podrías dejarme sin mirar atrás?

Allie se mordió los labios antes de responder con un hilo de voz:—No lo sé. Puede que no.

—¿Sería justo para Lon?

No respondió de inmediato. Se levantó, se secó las lágrimas y caminó hasta el borde del porche, donde se apoyó contra una columna. Cruzó los brazos y miró al agua del río antes de contestar en voz baja:

—No.

—No tiene por qué ser así, Allie —dijo Noah—. Ahora somos adultos, y tenemos la oportunidad de elegir que no tuvimos antes. Estamos hechos el uno para el otro. Siempre ha sido así. —Se acercó y le apoyó una mano en el hombro. —No quiero pasar el resto de mi vida pensando en ti, imaginando cómo hubiera sido vivir contigo. Quédate conmigo, Allie.

Los ojos de ella se llenaron de lágrimas.

—No sé si podré —susurró.

—Claro que puedes... Allie, nunca seré feliz sabiendo que estás con otro. Eso me mataría. Lo que hay entre nosotros es extraordinario. Es demasiado hermoso para echarlo por la borda.

Allie no respondió. Al cabo de un momento, Noah la obligó a volverse hacia él, le tomó las manos y buscó sus ojos. Ella finalmente lo miró con los ojos húmedos. Después de un largo silencio, Noah le secó las lágrimas de las mejillas con una expresión de ternura en la cara. Leyó sus pensamientos y preguntó con un hilo de voz:

—No te quedarás, ¿verdad? —Esbozó una pequeña sonrisa. —Quieres hacerlo, pero no puedes.

—Ay, Noah —dijo ella, echándose a llorar otra vez—. Por favor, trata de entenderlo...

Él la atajó, sacudiendo la cabeza.

—Sé lo que vas a decir, lo veo en tus ojos. Pero no lo entiendo, Allie. No quiero que esto termine así. Pero si te vas, los dos sabemos que no volveremos a vernos.

Allie se apoyó contra su pecho y comenzó a llorar con más fuerza, mientras Noah intentaba reprimir las lágrimas. La estrechó entre sus brazos. —No puedo obligarte a quedarte, pero pase lo que pasare, nunca olvidaré estos dos días que estuvimos juntos. He soñado con esto durante años.

La besó con ternura, y se abrazaron como cuando Allie había llegado un par de días antes. Finalmente ella se soltó y se secó las lágrimas.

—Tengo que ir a buscar mis cosas, Noah.

Él no la siguió. Se sentó en la mecedora, agotado. La miró entrar en la casa y oyó cómo el sonido de sus movimientos se desvanecía. Al cabo de unos minutos, Allie reapareció con sus cosas y caminó hacia él con la cabeza gacha. Le entregó el dibujo hecho la mañana anterior. Noah advirtió que no había dejado de llorar.

—Toma. Lo hice para ti.

Noah desplegó el dibujo despacio, con cuidado de no romperlo.

Eran dos imágenes superpuestas. La del fondo, que ocupaba la mayor parte de la página, era un retrato de él tal como era ahora, no catorce años antes. Notó que había dibujado hasta el más mínimo detalle de su cara, incluyendo la cicatriz. Era como si lo hubiera copiado de una fotografía reciente.

La segunda imagen correspondía a la fachada de la

138

casa. También era asombrosamente detallada, como si la hubiera bosquejado sentada bajo el roble.

—Es precioso, Allie. Gracias. —Forzó una sonrisa.

—Ya te he dicho que eres una auténtica artista.

Allie asintió con la vista fija en el suelo y los labios apretados. Era hora de marcharse.

Caminaron despacio hacia el coche, sin hablar. Cuando llegaron, Noah la abrazó otra vez hasta que sus ojos se llenaron de lágrimas. La besó en los labios y en las mejillas, y luego acarició suavemente con un dedo los puntos donde la había besado.

—Te quiero, Allie.

—Y yo a ti.

Noah abrió la puerta del coche y se besaron por última vez. Allie se sentó al volante, sin quitarle los ojos de encima. Dejó las cartas y el bolso en el asiento de al lado, buscó las llaves y dio el contacto. El motor comenzó a rugir con impaciencia. Había llegado la hora.

Noah cerró la puerta con las dos manos, y Allie bajó la ventanilla. Observó los músculos de sus brazos, la sonrisa natural, la cara bronceada. Extendió una mano y Noah se la tomó un segundo, acariciándola suavemente con los dedos.

—Quédate —murmuró sin sonido, moviendo los labios, y por alguna razón esa súplica muda le dolió mucho más a Allie de lo que esperaba. Las lágrimas caían sin freno, pero no podía hablar. Por fin, de mala gana, apartó la vista y le soltó la mano. Movió la palanca de cambio y apretó ligeramente el acelerador. Si no se marchaba ahora, no lo haría nunca. Noah se apartó y el coche comenzó a avanzar.

Contempló la escena como si estuviera en trance.

Vio cómo el coche iba despacio, oyó el crujido de la grava bajo las ruedas. El vehículo comenzó a girar lentamente hacia el camino que la llevaría al pueblo. Se iba, se iba, y Noah la miraba aturdido.

Avanzó... pasó a su lado...

Allie saludó con la mano por última vez y sonrió en silencio antes de acelerar. Entonces él le devolvió el saludo sin entusiasmo. "¡No te vayas!", hubiera querido gritar, al ver que el coche se alejaba. Pero no dijo nada. Un minuto después el vehículo se perdió en la distancia, y lo único que quedó de Allie fueron las huellas de su coche en el camino.

Noah permaneció inmóvil en el mismo sitio durante largo rato. Allie se había marchado tan repentinamente como había llegado. Esta vez para siempre. Para siempre. Cerró los ojos y volvió a verla marchar en su mente, el coche alejándose poco a poco, llevándose su corazón.

Con profunda tristeza recordó que Allie, igual que su madre, no había mirado atrás.

Una carta del pasado

Resultaba difícil conducir con los ojos nublados por las lágrimas, pero Allie siguió adelante, confiando en que su instinto la llevara de regreso al hotel. Había dejado la ventanilla abierta, con la esperanza de que el aire fresco le aclarara la cabeza, pero no parecía ayudar. No había nada capaz de ayudarla.

Estaba cansada y dudaba de que tuviera la energía necesaria para hablar con Lon. ¿Qué le diría? Todavía no tenía la menor idea, pero esperaba que se le ocurriera algo cuando llegara el momento.

Tenía que ocurrírsele algo.

Cuando cruzó el puente levadizo que conducía a la calle principal, ya había recuperado la compostura. No totalmente, pero lo suficiente para hablar con Lon. Al menos, eso creía.

El tránsito era escaso, y mientras atravesaba New Bern, tuvo tiempo para observar a los desconocidos habitantes del pueblo enfrascados en sus ocupaciones cotidianas. En una estación de servicio, un mecánico examinaba el motor de un coche nuevo, bajo la atenta mirada del presunto propietario del vehículo.

Dos mujeres empujaban sendos cochecitos de niños cerca de Hoffman-Lane, y charlaban mientras miraban vidrieras. Un hombre impecablemente vestido pasó por delante de la joyería Hearns, caminando rápidamente con un maletín en la mano.

Al doblar la esquina siguiente, vio a un joven descargando mercancías de un camión que bloqueaba parcialmente la calle. Su postura, o quizá su forma de moverse, le recordó a Noah recogiendo los cangrejos en el borde del embarcadero.

Se detuvo frente a un semáforo y vio el hotel al final de la calle. Cuando la luz se puso verde, respiró hondo y condujo despacio hasta el estacionamiento que el hotel compartía con otros establecimientos. Al entrar, reconoció el coche de Lon en primera fila. Aunque el lugar contiguo estaba desocupado, siguió adelante y eligió un sitio más apartado de la entrada.

Apagó el contacto y el motor paró de inmediato. Sacó de la guantera el cepillo para el pelo y el espejito de mano que había dejado encima de un mapa de Carolina del Norte. Al mirarse en el espejo, vio que todavía tenía los ojos enrojecidos e hinchados. Como el día anterior, después del chaparrón, lamentó no haber llevado consigo el estuche del maquillaje, aunque dudaba de que en ese momento le hubiera servido de algo. Probó a recogerse el pelo de un lado, luego de los dos, y finalmente se dio por vencida.

Tomó su bolso, lo abrió y leyó una vez más el artículo que la había llevado allí. Habían ocurrido tantas cosas desde entonces, que no podía creer que sólo hubieran pasado tres semanas. Jamás hubiera dicho que había llegado a New Bern apenas dos días antes. Tenía la impresión de que hacía siglos de su cena con Noah.

Los estorninos cantaban en los árboles. Las nubes comenzaban a despejarse y Allie vislumbró el azul del cielo, asomándose entre las manchas blancas. El Sol seguía oculto, pero reaparecería pronto. Sería un día maravilloso. La clase de día que le hubiera gustado pasar con Noah y, al pensar en él, recordó las cartas que le había entregado su madre. Desató el paquete, y encontró la primera. Comenzó a abrirla, pero se detuvo porque podía imaginarse lo que diría. Palabras sencillas, sin duda; un recuento de las cosas realizadas, recuerdos del verano, quizás alguna pregunta. Al fin y al cabo, todavía esperaría una respuesta. Entonces buscó la última carta, la última del paquete. La carta de despedida. Aquella le interesaba más que las otras. ¿Cómo se había despedido? ¿Cómo lo habría hecho ella?

El sobre era delgado. Una página, dos, como mucho. Lo que quiera que hubiera escrito Noah, no era largo. Allie miró el reverso del sobre. No había nombre, sólo una dirección de Nueva Jersey. Contuvo el aliento y abrió la solapa del sobre con la uña.

Desplegó la carta y vio que tenía fecha de marzo de 1935.

Dos años y medio sin respuesta.

Lo imaginó sentado a su viejo escritorio, escribiendo la carta, quizá sabiendo que sería la última, y le pareció ver rastros de lágrimas en el papel. Aunque tal vez fueran imaginaciones suyas.

Alisó la hoja y comenzó a leer a la luz blanquecina del sol que se filtraba por la ventanilla.

Mi adorada Allie:

No me queda nada más que decir, salvo que anoche no pude dormir porque comprendí que todo había terminado entre nosotros. Es un sentimiento nuevo para mí, un sentimiento que nunca preví, pero al mirar atrás, pienso que no podía haber sido de otra manera.

Tú y yo éramos diferentes, procedíamos de mundos diferentes. Sin embargo, tú me enseñaste el valor del amor. Me enseñaste lo que significaba amar a alguien, y gracias a ello, me he convertido en un hombre distinto. No quiero que nunca lo olvides.

No te guardo rencor por lo que ha pasado. Al contrario, estoy convencido de que nuestra relación fue auténtica, y me alegro de que nuestros caminos se hayan cruzado, aunque sólo fuera por un tiempo tan breve. Si en un futuro lejano volvemos a encontrarnos, cada uno con una nueva vida, te sonreiré con alegría y recordaré el verano que pasamos bajo los árboles, aprendiendo el uno del otro y cultivando nuestro amor. Acaso tú sientas lo mismo, y aunque sólo sea por un fugaz instante, me devuelvas la sonrisa y saborees los recuerdos que siempre compartiremos.

Te quiero, Allie.

Noah

Releyó la carta, esta vez más despacio, y antes de guardarla en el sobre, la leyó por tercera vez. Volvió a imaginar a Noah escribiéndola, y por un momento pensó en leer otra, pero comprendió que no podía demorarse más. Lon la esperaba.

Al bajar del coche le flaquearon las piernas. Se detuvo, respiró hondo y comenzó a cruzar el estacionamiento, pensando que aún no sabía lo que iba a decirle.

Y no lo supo hasta que llegó a la entrada del hotel, abrió la puerta y vio a Lon aguardándola en el vestíbulo.

Un invierno para dos

La historia termina aquí, así que cierro el cuaderno, me quito los anteojos y me restriego los ojos. Están cansados e irritados, pero hasta el momento no me han fallado. Aunque estoy seguro de que pronto lo harán. Ni ellos ni yo somos eternos. Ahora que he acabado, la miro, pero ella no me devuelve la mirada. Tiene la vista fija en la ventana que da al patio donde los residentes se reúnen con sus familiares y sus amigos.

Sigo la dirección de sus ojos, y miramos juntos. En todos estos años, la rutina cotidiana no ha variado. Cada mañana, una hora después del desayuno, empiezan a llegar. Adultos jóvenes, solos o con niños, vienen a visitar a los residentes. Traen fotografías y regalos, y se sientan en los bancos o pasean por los senderos flanqueados de árboles, diseñados para crear la ilusión de que estamos rodeados por la naturaleza. Algunos pasan todo el día aquí, pero la mayoría se marcha al cabo de pocas horas, y cuando lo hacen, siempre siento pena por los que se quedan. A veces pienso en lo que sentirán mis amigos al ver que sus seres queridos se alejan en sus coches, aunque sé que no es asunto mío.

Y nunca los interrogo al respecto, pues he aprendido que tenemos derecho a guardar algunos secretos. Aunque pronto les revelaré los míos.

Dejo el cuaderno y la lupa sobre la mesa que está a mi lado, sintiendo un dolor en los huesos, y una vez más reparo en lo frío que está mi cuerpo. Ni siquiera el sol de la mañana puede calentarlo. Aunque eso ya no me sorprende, pues últimamente mi cuerpo impone sus propias reglas.

Sin embargo, no soy tan desafortunado. El personal de aquí me conoce, conoce mis limitaciones, y hace todo lo posible para hacerme sentir cómodo. Me han dejado una tetera caliente sobre la mesa, y la levanto con las dos manos. Tengo que hacer un gran esfuerzo para servirme una taza, pero lo hago, porque sé que el té me calentará y el ejercicio ayudará a evitar que termine de oxidarme. Aunque ya estoy bastante oxidado; oxidado como un coche después de veinte años a la intemperie en los Everglades.

Esta mañana le he leído, como todas las mañanas, porque sé que debo hacerlo. No lo hago por obligación —aunque supongo que llegado el caso, podría calificarse de tal—, sino por un motivo más romántico. Me gustaría poder explicarlo mejor ahora, pero todavía es pronto, y hablar de romanticismo antes de comer es una tarea ímproba, al menos para mí. Además, ignoro cómo acabará esto, y prefiero no hacerme ilusiones.

Pasamos todo el día juntos, pero dormimos separados. Los médicos me han prohibido verla después de anochecer. Entiendo perfectamente sus razones, y aunque estoy de acuerdo con ellos, de vez en cuando rompo las reglas. Cuando estoy de humor, me escapo de mi habitación a última hora de la noche y vengo a verla dormir. Ella no lo sabe. Entro, observo cómo respira, y pienso que si no hubiera sido por ella, jamás me habría casado. Y cuando miro su cara, una cara que conozco mejor que la mía, sé que yo he sido igual de importante para ella. Y eso significa mucho más de lo que puedo explicar con palabras.

A veces, mientras la contemplo, pienso que haber estado casado cuarenta y nueve años con ella me convierte en el hombre más afortunado del mundo. Celebraremos nuestro aniversario el mes que viene. Me oyó roncar durante los primeros cuarenta y cinco años, pero a partir de entonces hemos dormido en habitaciones separadas. Yo no duermo bien sin ella a mi lado. Doy vueltas y más vueltas, añorando su calor, y paso la mayor parte de la noche en vela, con los ojos como platos, mirando cómo las sombras danzan en el techo como plantas rodadoras en el desierto. Con un poco de suerte, duermo un par de horas, y aun así me despierto antes del amanecer. Esto no tiene sentido para mí.

Todo terminará pronto. Yo lo sé, pero ella no. Las anotaciones en mi diario se han vuelto más breves y tardo poco tiempo en escribirlas. Son muy simples, pues casi todos mis días son iguales. Sin embargo, esta noche copiaré un poema que me pasó una de las enfermeras, pensando que me gustaría. Dice así:

Jamás, hasta aquel día,
me había asaltado un amor tan dulce y repentino,
Su cara hizo eclosión como una tierna flor,
robándome entero el corazón.

Aunque por las noches somos libres de hacer lo que

nos plazca, me han pedido que visite a los demás. Por lo general lo hago, ya que soy el lector oficial y me necesitan; o por lo menos, eso dicen. Camino por el pasillo y elijo dónde entrar, porque soy demasiado viejo para ceñirme a una rutina fija, pero en el fondo de mi corazón, siempre sé quién me necesita. Son mis amigos, y cuando abro una puerta, veo una habitación parecida a la mía, casi en penumbras, alumbrada sólo por las luces de *La rueda de la Fortuna* y la reluciente dentadura del presentador. El mobiliario es igual para todos y el televisor está a todo volumen, porque aquí nadie oye bien.

Tanto los hombres como las mujeres sonríen al verme entrar, apagan el televisor y me hablan en murmullos. "Me alegro de verlo", dicen, y me preguntan por mi esposa. A veces les respondo. Les hablo de su dulzura y de su encanto, les cuento que ella me enseñó a descubrir la belleza del mundo. O les describo nuestros primeros años de casados, cuando lo único que necesitábamos para ser felices era abrazarnos debajo del estrellado cielo del sur. En ocasiones especiales, les hablo de nuestras aventuras juntos, las exposiciones en Nueva York y en París, o de las innumerables críticas elogiosas escritas en lenguas desconocidas. Sin embargo, casi siempre me limito a sonreír y a decirles que sigue igual. Entonces miran hacia otro lado, porque no quieren que les vea la cara. Les recuerdo su propia mortalidad. Así que me siento a su lado y leo para ahuyentar sus miedos.

Serénate —ten confianza en mí...
Mientras el sol no te rechace, no te rechazaré,
Mientras las aguas no se nieguen a brillar por ti,

y las hojas a estremecerte para ti, no se me
negarán
mis palabras a brillar ni a estremecerse por ti.

Les leo para que sepan quién soy.

Yo vago toda la noche en mi visión...
inclinándome, con los ojos abiertos
sobre los ojos cerrados de los durmientes.
Errante y aturdido, abstraído, fuera de lugar,
contradictorio,
Vagando, contemplando, inclinándome y dete-
niéndome.

Si pudiera, mi esposa me acompañaría en mis excur-
siones nocturnas, pues la poesía siempre ha sido una de
sus múltiples aficiones. Thomas, Whitman, Eliot, Sha-
kespeare y el rey David de los Salmos. Amantes de las
palabras, artífices del lenguaje. Cuando miro hacia
atrás, mi pasión por la poesía me sorprende, y a veces
hasta me arrepiento de ella. La poesía embellece la vida,
pero también la entristece, y no estoy seguro de que sea
un intercambio justo para alguien de mi edad. Uno
debería disfrutar de otras cosas cuando todavía tiene la
oportunidad de hacerlo; debería pasar los últimos días
al sol. Yo los pasaré junto a la luz de una lámpara.

Camino achacosamente hacia ella y me siento en el
sillón que está junto a su cama. Al sentarme me duele la
espalda, y por milésima vez me recuerdo que debo
conseguir otro almohadón. Le tomo la mano huesuda
y frágil. Su contacto es agradable. Responde con un
débil apretón y me acaricia suavemente un dedo con el
pulgar. Tal como he aprendido, no hablo hasta que lo

hace ella. Casi todos los días permanezco sentado a su lado, en silencio, hasta que se pone el Sol, y en esos días no sé nada de ella.

Pasan varios minutos hasta que se vuelve hacia mí. Está llorando. Sonrío, le suelto la mano, saco un pañuelo del bolsillo y le seco las lágrimas. Ella no deja de mirarme y me pregunto qué piensa.

—Es una historia preciosa.

Comienza a lloviznar. Las gotas tamborilean en las ventanas. Vuelvo a tomarle la mano. Será un buen día, un día espléndido. Un día mágico. No puedo evitar sonreír.

—Sí —digo.

—¿La escribiste tú? —pregunta. Su voz es un susurro, una brisa ligera soplando entre las hojas.

—Sí —respondo.

Se vuelve hacia la mesa de noche, donde hay un pequeño vaso de cartón con su remedio. El mío también está allí. Las píldoras diminutas tienen los colores del arco iris para que no nos olvidemos de tomarlas. Últimamente, las enfermeras me dejan las mías en su habitación, aunque no están autorizadas para hacerlo.

—La había oído antes, ¿verdad?

—Sí —repito, como lo hago en todas las ocasiones como esta. He aprendido a ser paciente.

Estudia mi cara con sus ojos verdes como las olas del mar.

—Me quita el miedo —dice.

—Lo sé —asiento, moviendo suavemente la cabeza.

Se vuelve y yo espero. Me suelta la mano y busca el vaso de agua. Está en la mesa de noche, al lado del remedio.

—¿Es una historia verdadera? —Se incorpora un

poco en la cama y bebe otro sorbo de agua. Su cuerpo se mantiene fuerte. —¿Conociste a esas personas?

—Sí —digo. Podría añadir algo más, pero rara vez lo hago.

Ella sigue siendo hermosa. Hace la pregunta previsible:

—¿Y bien? ¿Con cuál de los dos se casó?

—Con el que era mejor para ella —respondo.

—¿Y cuál era?

Sonrío.

—Ya te enterarás —digo en voz baja—. Antes que acabe el día lo sabrás.

No me entiende, pero tampoco insiste. Comienza a inquietarse. Se esfuerza por formular otra pregunta, pero no sabe cómo. Decide posponerla un momento y toma uno de los vasos de cartón.

—¿Es el mío?

—No, es éste. —Estiro el brazo y le empujo el vaso. No puedo sujetarlo con la mano. Lo toma ella y mira las píldoras. Por su forma de mirarlas, sé que no entiende para qué son. Levanto mi vaso con las dos manos y me echo las píldoras en la boca. Ella me imita. Hoy no habrá peleas, y eso facilita las cosas. Levanto el vaso simulando un brindis, y me quito el sabor amargo de la boca con un sorbo de té. Se está enfriando. Ella traga sus píldoras y las baja con agua.

Un pájaro comienza a cantar al otro lado de la ventana, y los dos volvemos la cabeza. Guardamos silencio durante unos instantes, disfrutando juntos de esa maravilla. Cuando el canto cesa, ella suspira.

—Tengo que preguntarte otra cosa —dice.

—Sea lo que fuere, intentaré responder.

—Pero es difícil.

No me mira, y no puedo ver sus ojos. Así es como esconde sus pensamientos. Algunas cosas no cambian nunca.

—Tómate tu tiempo —digo, aunque sé lo que va a preguntarme.

Finalmente se vuelve y me mira a los ojos. Esboza una sonrisa tierna, la clase de sonrisa que uno dedica a un niño, no a un amante.

—No quiero herir tus sentimientos, porque has sido muy bueno conmigo, pero...

Espero. Sus palabras me dolerán. Arrancarán un trozo de mi corazón y dejarán una cicatriz.

—¿Quién eres?

Estamos desde hace tres años en la Clínica Geriátrica Creekside. Fue ella quien decidió venir aquí, en parte porque estaba cerca de casa, pero también porque pensó que aquí me facilitarían las cosas. Protegimos la casa con tablas, pues ninguno de los dos podía soportar la idea de venderla, firmamos unos cuantos papeles, y poco después nos concedieron un sitio donde vivir y morir, a cambio de la libertad por la que habíamos luchado toda nuestra vida.

Ella tenía razón, desde luego. No podría habérmelas arreglado solo, pues la enfermedad se ha adueñado de ambos. Estamos en los últimos minutos del día de nuestra vida, y las agujas del reloj avanzan ruidosamente. ¿Acaso soy el único que oye su tictac?

Un dolor palpitante se extiende por mis dedos y me recuerda que no nos hemos tomado de las manos con los dedos entrelazados desde que llegamos aquí. La idea me entristece, pero es culpa mía, no de ella. Padezco la peor clase de artritis, reumatoide y en estado avanzado. Mis manos deformes tienen un aspecto grotesco y me duelen durante casi todo el día. Las miro y fantaseo con que me las quitan, me las amputan, aunque sé que entonces no podría hacer las cosas que debo hacer. Así que uso mis garras, como las llamo a veces, y todos los días le tomo las manos a pesar del dolor, y hago lo imposible por acariciárselas, porque sé que ella lo desea.

Aunque la Biblia dice que un hombre puede vivir ciento veinte años, yo no quiero hacerlo, y dudo de que mi cuerpo pudiera lograrlo. Se está viniendo abajo; la erosión constante en mis entrañas y mis articulaciones está matando mis miembros uno a uno. Mis manos son completamente inútiles, mis riñones empiezan a fallar y mi ritmo cardíaco disminuye mes a mes. Y lo que es peor, tengo cáncer otra vez; ahora de próstata. Es mi tercer combate con este enemigo invisible que tarde o temprano me vencerá, aunque no antes que yo decida que ha llegado mi hora. Los médicos están preocupados por mí, pero yo no. En el crepúsculo de mi vida no hay tiempo para la preocupación.

Cuatro de nuestros cinco hijos siguen vivos, y aunque les resulta difícil visitarnos, vienen a vernos a menudo. Doy gracias por ello. Pero incluso cuando no están aquí, los tengo presentes diariamente, a todos y a cada uno de ellos, y recuerdo las sonrisas y las lágrimas que acompañan la vida en familia. Una docena de fotos decoran las paredes de mi habitación. Son mi herencia, mi contribución al mundo. A veces me pregunto cómo los verá mi esposa en sus sueños, o si los verá, o incluso si sueña. Hay tantas cosas que ya no sé de ella.

¿Qué pensaría mi padre de mi vida? ¿Qué haría él en mi lugar? Hace cincuenta años que no lo veo, y ahora es sólo una sombra en mi memoria. Ya no puedo imaginarlo con claridad; su cara se ha oscurecido, como si una luz brillara a su espalda. Ignoro si esto se debe a la decadencia de mi memoria o simplemente al paso del tiempo. Sólo conservo una foto de él, y también se ha desteñido. Dentro de un par de años su imagen se habrá desvanecido por completo y yo ya no estaré, de modo que su recuerdo desaparecerá como un mensaje escrito en la arena. Si no fuera por mis diarios, juraría que he vivido sólo la mitad de los años que tengo. Largos períodos de tiempo se han borrado de mi mente. A veces, cuando leo algunos párrafos de mi diario, me pregunto quién era yo cuando los escribí, pues soy incapaz de recordar los acontecimientos de mi vida. En más de una ocasión me pregunto adónde se ha ido la vida.

—Me llamo Duke —digo. Siempre he sido un admirador de John Wayne.

—Duke —musita ella—. Duke. —Reflexiona un momento con la frente arrugada y los ojos serios.

—Sí —prosigo—, y estoy aquí por ti. —Y siempre lo estaré, pienso.

Se ruboriza. Sus ojos enrojecen, se humedecen, y las lágrimas empiezan a brotar. Me rompe el corazón, y como tantas otras veces, desearía poder hacer algo para ayudarla.

—Lo siento —dice—. No entiendo nada de lo que me pasa. No sé quién eres. Cuando te escucho hablar, pienso que debería reconocerte, pero no es así. Ni siquiera sé mi nombre. —Se seca las lágrimas y prosigue: —Ayúdame, Duke. Ayúdame a recordar quién soy. O por lo menos quién era. Me siento perdida.

Respondo con el corazón, pero miento sobre su identidad. Como he mentido sobre la mía. Tengo motivos para hacerlo.

—Eres Hannah, una amante de la vida, una mujer que infundió fuerza a todos los que gozaron de su amistad. Eres un sueño, una creadora de dicha, una artista que ha conmovido a centenares de almas. Tuviste una vida plena y no deseaste nada, porque tus necesidades eran espirituales y te bastaba con buscar en tu interior. Eres buena y leal, capaz de ver belleza donde otros no la ven. Eres una maestra de cosas maravillosas, una soñadora de cosas mejores. —Me detengo un instante para recuperar el aliento y añado: —Hannah, no debes sentirte perdida, pues:

Nada se pierde realmente jamás ni puede perderse,
Ningún nacimiento, identidad, forma... ningún objeto del mundo
Ninguna vida, ninguna fuerza, ninguna cosa visible...
El cuerpo, lento, anciano, frío —las cenizas que quedaron de los primeros fuegos
...a su debido tiempo volverán a arder.

Medita un momento sobre lo que acabo de decir. En el silencio, miro hacia la ventana y veo que ha dejado de llover. La luz del Sol comienza a colarse en la habitación.

—¿Lo has escrito tú? —pregunta.

—No. Es de Walt Whitman.

—¿De quién?

—De un amante de las palabras, un artesano de las ideas.

No responde directamente. En cambio, me mira fijamente durante largo rato, hasta que nuestra respiración se acompasa. Dentro. Fuera. Dentro. Fuera. Dentro. Fuera. Respiraciones profundas. ¿Sabrá que la veo hermosa?

—¿Te quedarás un rato conmigo? —pregunta por fin.

Sonrío y asiento con la cabeza. Me devuelve la sonrisa. Busca mi mano, la toma con dulzura y la apoya en su regazo. Mira los duros nudos que deforman mis dedos y los acaricia suavemente. Ella aún tiene manos de ángel.

—Ven —digo, haciendo un gran esfuerzo para ponerme de pie—. Salgamos a dar un paseo. El aire está fresco y los pollitos de las ocas nos esperan. Es un día precioso. —La miro fijamente al decir las últimas palabras.

Ella se ruboriza y me hace sentir joven otra vez.

Naturalmente, se hizo famosa. Algunos decían que era una de las mejores artistas del sur del siglo XX, y yo estaba —y estoy— orgulloso de ella. A diferencia de mí, que tengo que esforzarme para escribir hasta el más vulgar de los versos, mi esposa creaba belleza con la misma facilidad con que nuestro Señor creó la tierra.

Sus cuadros están en los mejores museos del mundo, pero me he guardado dos para mí. El primero y el último que me regaló. Están colgados en mi habitación, donde cada noche me siento a contemplarlos y, a veces, lloro. No sé por qué.

Han pasado los años. Vivimos nuestra vida, trabajando, pintando, criando a nuestros hijos, amándonos. Veo fotografías de fiestas navideñas, viajes familiares y bodas. Veo nietos y caras felices. Veo fotos de nosotros, con el pelo cada vez más blanco y las arrugas más profundas. Una vida aparentemente vulgar, y sin embargo extraordinaria.

No podíamos prever el futuro, pero, ¿quién puede hacerlo? Ya no vivo como vivía, pero, ¿qué esperaba? La jubilación. Visitas de los hijos, puede que algún viaje más. A ella siempre le gustó viajar. Pensé que quizás encontraría una afición tardía, no sabía cuál, probablemente construir barcos. Dentro de botellas, naturalmente. Una labor minuciosa, con objetos pequeños, inconcebible en el estado actual de mis manos.

Estoy seguro de que nuestras vidas no pueden medirse por los últimos años, y supongo que debí imaginar lo que nos esperaba. Al mirar atrás, me parece obvio, pero al principio pensé que su confusión era normal y comprensible. No recordaba dónde había dejado las llaves, pero, ¿a quién no le ocurre alguna vez? Olvidaba el nombre de un vecino, pero nunca de alguien que conociéramos bien o a quien viéramos con frecuencia. A veces, cuando extendía un cheque, equivocaba el año, pero, nuevamente, a mí me parecía la clase de error que uno comete cuando tiene la cabeza en otra parte.

No empecé a sospechar lo peor hasta que los incidentes se hicieron inequívocos. Una plancha en la heladera, ropa en el lavavajillas, libros en el horno. Y muchas otras cosas. Pero el día que la encontré en el coche, a tres cuadras de casa, llorando sobre el volante porque estaba perdida, me asusté de veras. Y ella también se asustó porque, cuando golpeé la ventanilla, se volvió y me dijo: "¡Dios mío! ¿Qué me está pasando? Por favor, ayúdame". Sentí un nudo en el estómago, pero ni siquiera entonces me atreví a sospechar lo peor.

Seis días después, acudió al médico y se sometió a una serie de pruebas. No las entendí entonces ni las entiendo ahora, quizá porque nunca he aceptado la verdad. Pasó casi una hora en el consultorio del doctor Barnwell y regresó al día siguiente. Aquel fue el día más largo de mi vida. Hojeé un montón de revistas, incapaz de leerlas, e hice crucigramas sin concentrarme en ellos. Finalmente, el médico nos invitó a pasar a su despacho y nos pidió que nos sentáramos. Ella me tomó del brazo, confiada, pero recuerdo claramente que a mí me temblaban las manos.

—Lamento tener que comunicarle esta noticia —comenzó el doctor Barnwell—, pero, al parecer, usted está en la primera etapa del mal de Alzheimer.

Mi mente se quedó en blanco. Sólo podía pensar en la lámpara que brillaba sobre nuestras cabezas. Las palabras se repetían en mi cabeza: "la primera etapa del mal de Alzheimer..."

La cabeza me daba vueltas, y su mano me apretó el brazo. Murmuró, casi para sí:

—Ay, Noah... Noah...

Y mientras las lágrimas empezaban a brotar, el nombre de la enfermedad volvió a mi mente: *el mal de Alzheimer*.

Es una enfermedad estéril, vacía e inerte como un desierto. Ladrona de corazones, almas y memorias. No supe qué decirle mientras lloraba sobre mi pecho, así que me limité a abrazarla y a acunarla.

El médico estaba muy serio. Era un buen hombre, y aquello era un mal trago para él. Era más joven que el menor de mis hijos, y me hizo tomar conciencia de mi edad. Mi mente estaba confusa, mi amor se tambaleaba, y lo único que se me ocurrió pensar fue:

Un hombre que se ahoga no puede saber cuál fue
la gota de agua que detuvo con su último aliento.

Eran las palabras de un poeta sabio, y sin embargo, no me dieron consuelo. No sé qué significan, ni por qué pensé en ellas en aquel momento. Seguimos meciéndonos hasta que Allie, la mujer de mis sueños, la de la eterna belleza, me pidió perdón en un susurro. Yo sabía que no había nada que perdonar y le dije al oído: "Tranquila, todo saldrá bien". Pero por dentro estaba muerto de miedo. Era un hombre hueco, sin nada que ofrecer, vacío como una cañería vieja.

Sólo recordaba frases inconexas de la explicación del doctor Barnwell:

"Es una enfermedad degenerativa cerebral que afecta la memoria y la personalidad... No existe cura o tratamiento... Es imposible predecir con qué rapidez avanzará... El pronóstico varía de una persona a otra... Ojalá tuviera más información... Habrá días mejores que otros... Empeorará con el tiempo... Siento tener que decírselo..."

Lo siento...

Lo siento...

Lo siento...

Todo el mundo lo sentía. Mis hijos estaban destrozados, mis amigos asustados por sí mismos. No recuerdo el momento en que salí del consultorio del médico ni cómo conduje hasta casa. Mis recuerdos de aquel día se han borrado y, en ese aspecto, estoy en las mismas condiciones que mi esposa.

Han pasado cuatro años. Desde entonces nos hemos arreglado lo mejor que hemos podido, dentro de lo posible. Allie, fiel a su temperamento, organizó todo. Hizo arreglos para dejar la casa y venir aquí. Rectificó su testamento y lo mandó legalizar. Dejó instrucciones precisas para su entierro y las guardó en el último cajón de mi escritorio. Yo no las he visto. Cuando terminó, comenzó a escribir cartas. Cartas a sus amigos y a nuestros hijos. Cartas a hermanos, hermanas y primos. Cartas a sobrinas, sobrinos y vecinos. Y una para mí.

Cuando estoy de humor la releo, y entonces recuerdo a Allie en las frías noches de invierno, sentada junto al fuego ardiente con un vaso de vino a su lado, leyendo las cartas que yo le había escrito durante varios años. Ella las conservó, y ahora las conservo yo, porque me hizo prometérselo. Dijo que yo sabría qué hacer con ellas. Y tenía razón; he descubierto que disfruto leyendo párrafos sueltos, como solía hacer ella. Estas cartas me asombran, pues al examinarlas compruebo que el romance y la pasión son posibles a cualquier edad. Cuando miro a Allie ahora, tengo la sensación de que nunca la he querido tanto, pero si releo las cartas, llego a la conclusión de que siempre he sentido lo mismo.

Las leí por última vez hace tres noches, pasada mi hora de dormir. Eran casi las dos de la madrugada cuando me acerqué al escritorio y encontré el atado de cartas, grueso, alto y amarillento. Desaté la cinta de medio siglo de antigüedad, y separé las cartas que su madre escondió hace tantos años de las siguientes. Toda una vida en cartas, cartas escritas con el corazón. Las miré con una sonrisa, las examiné y finalmente elegí la de nuestro primer aniversario.

Leí un párrafo:

Ahora, cuando te veo moverte lentamente con una nueva vida creciendo en tu interior, espero que sepas cuánto significas para mí, y lo especial que ha sido este último año. No existe hombre más afortunado que yo, y te quiero con toda el alma.

La dejé, eché otro vistazo al paquete, y seleccioné otra, escrita en una fría noche de invierno, hace treinta y nueve años:

Sentado a tu lado, mientras nuestra hija menor desafinaba una canción en la función de Navidad del colegio, te miré y vi en tu cara un orgullo que sólo puede sentir una persona capaz de amar con todo el corazón. Entonces comprendí que no hay en el mundo un hombre más afortunado que yo.

Elijo otra carta, escrita después de la muerte de nuestro hijo, que tanto se parecía a su madre... Fue el peor momento de nuestra vida en común, y las palabras que escribí entonces siguen plenamente vigentes:

En tiempos de desdicha y sufrimiento, te abrazaré, te acunaré y haré de tu dolor el mío. Cuando tú lloras, yo lloro, cuando tú sufres, yo sufro. Juntos intentaremos contener el torrente de lágrimas y desesperación, y superar los misteriosos baches de la vida.

Hago una breve pausa para recordar a mi hijo. Tenía

cuatro años, prácticamente un bebé. He vivido veinte veces más que él, pero si me hubieran dado la oportunidad, habría cambiado mi vida por la suya. Es muy doloroso sobrevivir a un hijo, una tragedia que no deseo a nadie.

Me esfuerzo por reprimir las lágrimas, busco otra carta que me distraiga del dolor, y encuentro la de nuestro vigésimo aniversario, una ocasión mucho más fácil de recordar:

Cuando te veo, querida mía, por la mañana antes de la ducha, o en tu estudio cubierta de pintura, con el pelo sin brillo y los ojos cansados, pienso que eres la mujer más hermosa del mundo.

Esta correspondencia de vida y amor continuaba, y leí muchas cartas más, algunas dolorosas, la mayoría conmovedoras. A las tres de la mañana estaba agotado, pero casi había terminado. Quedaba una carta, la última que le escribí, y supe que debía leerla.

Abrí el sobre y saqué las dos hojas. Separé la segunda, acerqué la primera a la luz y comencé a leer:

Mi queridísima Allie:
En el porche reina un silencio absoluto, roto sólo por los sonidos que flotan entre las sombras, y por primera vez no encuentro palabras. Es una sensación extraña, pues cuando pienso en ti y en la vida que hemos compartido, hay tanto que recordar. Toda una vida de recuerdos. Pero, ¿cómo traducirla en palabras? No sé si seré capaz. No soy poeta, y se necesitaría un poema

163

para expresar cabalmente lo que siento por ti.

Mi mente vaga, y recuerdo lo que pensé esta mañana, mientras preparaba el café, sobre nuestra vida juntos. Kate y Jane estaban allí, y las dos callaron cuando entré en la cocina. Noté que habían estado llorando y, sin decir una palabra, me senté a su lado y les tomé las manos. ¿Y sabes lo que vi cuando las miré? Te vi a ti hace mucho tiempo, el día que nos despedimos. Se parecen a ti, a la mujer que eras entonces, hermosa, sensible y afligida por un dolor que sólo se siente cuando nos roban algo especial. Y por una razón que no alcanzo a comprender, les conté una historia.

Llamé a Jeff y a David, que también estaban en casa, y cuando los reuní a todos, les hablé de nosotros, les conté cómo volviste a mí hace muchos años.

Les describí nuestro paseo, la cena de cangrejos en la cocina, y sonrieron al enterarse de nuestra excursión en canoa y nuestra velada junto al fuego, mientras fuera rugía la tormenta. Les conté que al día siguiente tu madre había venido a advertirnos de la llegada de Lon —se sorprendieron tanto como nosotros entonces— y sí, les confesé incluso lo que ocurrió más tarde, ese mismo día, cuando regresaste al pueblo.

A pesar del tiempo transcurrido, esa parte de la historia sigue obsesionándome. Aunque yo no estaba allí, tú me describiste lo ocurrido sólo una vez, y recuerdo que me maravillé de tu entereza. Aún no puedo imaginar qué pasó por tu cabeza cuando entraste en el vestíbulo del hotel y viste *a Lon, o cómo te sentiste al hablar con él. Me contaste que salieron del hotel y se sentaron en un banco, frente a la vieja iglesia metodista, y que él te tomó la mano mientras tú le explicabas tus razones para quedarte aquí. Sé que lo querías. Y su reacción demostró que él también te quería a ti. No; no entendió que lo abandonaras, ¿cómo iba a hacerlo? No te soltó la mano ni siquiera cuando le dijiste que nunca habías dejado de quererme y que no le harías ningún bien casándote con él. Sé que se sintió herido y furioso, y que durante una hora intentó hacerte cambiar de idea, pero cuando tú te pusiste firme y dijiste: "Lo siento, pero no puedo volver contigo", supo que tu decisión era irrevocable. Me contaste que asintió con un gesto, y que los dos siguieron sentados en silencio durante un largo rato. Siempre me he preguntado qué pensaría él en ese momento, aunque estoy seguro de que sentía lo mismo que yo unas horas antes. Y cuando finalmente te acompañó al coche, te dijo que yo era un hombre afortunado. Se comportó como un caballero, y entonces comprendí por qué te había costado tanto tomar una decisión.*

Recuerdo que cuando terminé de hablar, todos guardaron silencio, hasta que Kate se levantó y me abrazó. "¡Ay, papá!", dijo con los ojos llenos de lágrimas. Y aunque yo estaba dispuesto a contestar a sus preguntas, no me hicieron ninguna. En cambio, me hicieron un regalo muy especial.

Durante las cuatro horas siguientes, cada uno de ellos me dijo cuánto habíamos significado en sus vidas. Uno a uno, contaron anécdotas que yo había olvidado hacía tiempo. Cuando terminaron, no pude contener las lágrimas, pues comprendí que los habíamos educado de la mejor manera posible. Me sentí orgulloso de ellos y de ti, y feliz por la vida que hemos tenido. Y nada ni nadie podrá robarme esos sentimientos. Nunca. Sólo hubiera deseado que tú estuvieras allí para disfrutar conmigo de ese momento.

Cuando se marcharon, me senté en la mecedora y pensé en nuestra vida en común. Siempre estás conmigo cuando lo hago, en mi corazón, y me resulta imposible recordar un momento en que no hayas formado parte de mí. Ignoro qué habría sido de mí si no hubieras regresado aquel día, pero estoy convencido de que hubiera vivido y muerto con una pena que, afortunadamente, nunca conoceré.

Te quiero, Allie. Te debo todo lo que soy. Tú eres la razón de mi existencia, mi única esperanza, todo lo que siempre he soñado, y pase lo que pasare en el futuro, cada día a tu lado será el día más importante de mi vida. Siempre seré tuyo.

Y tú, querida, siempre serás mía.

Noah

Dejé la carta y recordé el momento en que Allie se sentó en el porche, a mi lado, a leerla. Atardecía, el cielo estival estaba cubierto de franjas rojas, y la luz del día se desvanecía. El cielo cambiaba gradualmente de color, y mientras contemplaba la puesta del Sol, pensé en ese breve, fugaz instante, en que el día se convierte en noche.

Me dije entonces que la oscuridad es sólo una ilusión, porque el Sol está siempre encima o debajo del horizonte. Eso significa que la noche y el día están vinculados como pocas otras cosas; no puede existir el uno sin el otro, y sin embargo, tampoco pueden coexistir. ¿Cómo estar siempre juntos, y al mismo tiempo siempre separados?

Al mirar atrás, me parece paradójico que ella leyera mi carta precisamente en el mismo momento en que yo me formulaba esa pregunta. Es paradójico, naturalmente, porque ahora conozco la respuesta. Sé lo que significa vivir como la noche y el día, siempre juntos y eternamente separados.

El sitio donde Allie y yo nos sentamos hoy es hermoso. Este es el pináculo de mi vida. Todos mis amigos están en el río: los pájaros, los gansos. Sus cuerpos flotan sobre el agua fresca, que refleja retazos de sus colores y los hace parecer más grandes de lo que son. Allie también está cautivada por su belleza, y poco a poco, comenzamos a conocernos otra vez.

—Me gusta hablar contigo. Extraño nuestras charlas, incluso cuando no pasa mucho tiempo entre una y otra.

Soy sincero, y Allie lo sabe, pero aun así se muestra recelosa. Después de todo, soy un extraño para ella.

—¿Charlamos a menudo? —pregunta—. ¿Venimos a mirar los pájaros con frecuencia? Quiero decir, ¿nos conocemos bien?

—Sí y no. Supongo que todo el mundo tiene secretos, pero hace muchos años que nos conocemos.

Observa sus manos, luego las mías. Piensa unos instantes, con la cara en un ángulo que la hace parecer joven otra vez. Ya no llevamos el anillo de boda. También hay una razón para esto.

—¿Has estado casado alguna vez? —pregunta.

—Sí —asiento.

—¿Y cómo era tu mujer?

Le digo la verdad:

—Era todo lo que siempre soñé. Le debo todo lo que soy. Estrecharla entre mis brazos era para mí más natural que oír los latidos de mi corazón. Pienso en ella constantemente. Ahora mismo, mientras estoy aquí sentado, estoy pensando en ella. No hubo otra igual.

Piensa en lo que acabo de decir. No sé qué siente, pero finalmente habla con una voz sensual y angelical. ¿Sospecha acaso que me inspira esos pensamientos?

—¿Ha muerto?

¿Qué es la muerte?, me pregunto, pero no lo digo.

—Mi esposa está viva en mi corazón —respondo—. Y siempre lo estará.

—Todavía la amas, ¿verdad?

—Por supuesto. Pero amo muchas cosas. Amo estar sentado aquí contigo. Amo compartir la belleza de este lugar con alguien por quien siento afecto. Amo mirar cómo el águila pescadora se precipita al agua para atrapar su presa.

Calla durante unos instantes. Vuelve la cabeza para que no pueda verle la cara. Es un hábito muy antiguo.

—¿Por que haces esto?

No habla con miedo, sino con curiosidad. Sé lo que quiere decir, pero de todos modos le pregunto:

—¿Qué?

—¿Por qué pasas el día conmigo?

Sonrío.

—Estoy aquí porque es donde debo estar. Es muy

sencillo. Tú y yo estamos pasando un buen rato juntos. No creas que pierdo el tiempo contigo. Estoy aquí porque quiero. Me siento a tu lado, conversamos, y yo pienso: "¿Hay algo mejor que lo que estoy haciendo en este momento?" Me mira a los ojos, y por un fugaz instante, los suyos brillan. Esboza una sonrisa.

—Me gusta estar contigo, pero estoy intrigada. Si era eso lo que querías, lo has conseguido. Debo admitir que disfruto de tu compañía, pero no sé nada sobre ti. No espero que me cuentes la historia de tu vida pero, ¿por qué eres tan misterioso?

—Una vez leí que a las mujeres las fascinan los hombres misteriosos.

—¿Lo ves? No has respondido a mi pregunta. No respondes a la mayoría de mis preguntas. Ni siquiera me has contado el final de la historia de esta mañana.

Me encojo de hombros. Permanecemos en silencio unos minutos, y finalmente pregunto:

—¿Es verdad?

—¿Si es verdad qué?

—Que a las mujeres las fascinan los hombres misteriosos.

Reflexiona un momento y luego dice lo mismo que diría yo:

—Supongo que a algunas sí.

—¿Y a ti?

—No me pongas en un aprieto. No te conozco lo suficiente para estas cosas. —Me está provocando, y me encanta.

Contemplamos el mundo que nos rodea en silencio. Hemos tardado toda una vida para aprender a hacerlo. Al parecer, sólo los viejos son capaces de estar juntos sin decir nada y sentirse bien. Los jóvenes, impulsivos e impacientes, siempre rompen el silencio. Es una lástima, pues el silencio es puro. El silencio es sagrado. Une a las personas, porque sólo aquellos que se sienten cómodos con la compañía de otro pueden estar juntos sin hablar. Es una gran paradoja.

Pasa el tiempo, y poco a poco nuestra respiración comienza a acompasarse, como ocurrió esta mañana. Respiraciones profundas, respiraciones serenas, y en un momento dado, ella se adormece, como sucede a menudo cuando uno se encuentra en grata compañía. Me pregunto si los jóvenes podrán apreciar estos momentos. Por fin se despierta y se produce un pequeño milagro.

—¿Has visto ese pájaro? —Lo señala y aguzo la vista. Es un milagro que pueda verlo, pero el sol brilla, y lo consigo. Yo también lo señalo.

—Una pagaza piquirroja —digo en voz baja mientras la miramos planear sobre Brices Creek. Entonces, como si redescubriera un viejo hábito, cuando bajo la mano la apoyo sobre su rodilla y ella no me pide que la retire.

No se equivoca cuando dice que soy evasivo. En días como hoy, cuando sólo le falla la memoria, respondo con vaguedad porque en los últimos años se me ha ido la lengua en más de una ocasión y la he herido involuntariamente. He decidido que no volverá a ocurrir. De modo que me limito a responder sólo lo que pregunta, a veces no muy bien, y nunca hablo en primer lugar.

Es una decisión difícil, positiva y negativa al mismo tiempo, pero necesaria, porque saber le causa dolor.

Para limitar el dolor, limito mis respuestas. Hay días en que no llega a enterarse de que tiene hijos o de que estamos casados. Lo lamento, pero no cambiaré de actitud.

¿Esto me convierte en una persona falsa? Quizá, pero la he visto destrozada por el torrente de información que es su vida. ¿Podría mirarme en el espejo sin llorar y sin que me temblara la mandíbula, sabiendo que he lastimado a la persona más importante de mi vida? No podría soportarlo, y tampoco ella. Lo sé porque así fue como me comporté al principio de esta ordalía. Le hacía un recuento constante de su vida, su matrimonio, sus hijos. Sus amigos y su trabajo. Preguntas y respuestas, al estilo de *Esta es su vida*.

Fueron tiempos difíciles para los dos. Yo era una enciclopedia, un compendio sin sentimientos de los qués, cuáles y dóndes de su vida, cuando, en realidad, lo único importante eran los porqués, las cosas que yo no sabía y no podía responder. Miraba las fotografías de los hijos que había olvidado, tomaba pinceles que no le inspiraban nada y leía cartas de amor que no le recordaban dicha alguna. Se debilitaba rápidamente, empalidecía, se amargaba, y al cabo del día estaba peor que por la mañana. Derrochábamos el tiempo, y ella se sentía perdida. Y yo, egoístamente, también.

De modo que cambié. Me convertí en Magallanes o en Colón, un explorador de los misterios de la mente, y aprendí, despacio y a tropezones, lo que debía hacer. Aprendí algo que hubiera resultado evidente incluso para un niño. Que la vida es sencillamente una colección de pequeñas vidas, y que cada una de ellas dura un día. Que debíamos dedicar cada día a buscar belleza en las flores y en la poesía, y a hablar con los animales. Que no hay nada como una jornada empleada en soñar, en disfrutar de la puesta de Sol o de la brisa fresca. Pero, sobre todo, aprendí que para mí vivir es sentarme en un banco junto a un viejo río, con la mano en su rodilla, y a veces, en los días buenos, enamorarme.

—¿En qué piensas? —pregunta.

Ya ha oscurecido. Hemos dejado el banco y caminamos con dificultad por el laberinto de senderos iluminados que rodean el complejo. Me ha tomado del brazo; soy su escolta. Lo ha hecho por iniciativa propia. Puede que esté prendada de mí, aunque quizá sólo quiera evitar que me caiga. Sea como fuere, sonrío.

—Pienso en ti.

Responde con un ligero apretón en el brazo, y sé que se ha alegrado de oírme decir eso. Nuestra historia en común me permite reconocer las pistas, aunque ella no sea consciente de ellas.

—Sé que no puedes recordar quién eres —prosigo—, pero yo sí, y cuando te miro, me siento bien.

Me da una palmada en el brazo y sonríe.

—Eres un hombre bueno, con un corazón de oro. Espero que en el pasado yo haya disfrutado de tu compañía tanto como ahora.

Damos unos pasos más, y finalmente manifiesta:

—Tengo que decirte algo.

—Adelante.

—Sospecho que tengo un admirador.

—¿Un admirador?

—Sí.

—¡Caramba!

—¿No me crees?

—Claro que te creo.

—Más te vale.

—¿Por qué?

—Porque creo que eres tú.

Pienso en sus palabras mientras caminamos en silencio, tomados del brazo, dejando atrás las habitaciones y el patio. Llegamos al jardín, donde la mayoría de las flores son silvestres, y la detengo. Hago un ramo de florecillas rojas, rosadas, amarillas, violetas. Se lo entrego y ella se lo acerca a la nariz. Aspira con los ojos cerrados, y murmura:

—Son maravillosas.

Sigue andando, con las flores en una mano y la otra apoyada en mi brazo. La gente nos mira, porque, según dicen, somos un milagro andante. En cierto modo es cierto, aunque ya casi nunca me siento afortunado.

—¿Crees que soy yo? —pregunto.

—Sí.

—¿Por qué?

—Porque encontré algo que habías escondido.

—¿Qué?

—Esto —dice, entregándome un trozo de papel—. Lo encontré debajo de mi almohada.

Lo leo, y dice:

El cuerpo decae con un dolor mortal,
pero mi promesa sigue fiel al final de nuestros días,
Un roce tierno que culmina en beso
despertará la dicha del amor.

—¿Hay más? —pregunto.

—Encontré éste en el bolsillo de mi abrigo.

Debes saber que nuestras almas eran una,
y nunca se separarán;
Tu cara encendida a la radiante luz del amane-
cer,
te busco a ti y encuentro mi corazón.

—Ya veo —me limito a decir.

Seguimos andando mientras el Sol se hunde en el horizonte. Poco después, la luz plateada del crepúsculo es el único recordatorio del día, pero seguimos hablando de los poemas. El romanticismo la subyuga.

Cuando llegamos a la puerta, estoy cansando. Ella lo sabe, así que me detiene con la mano y me obliga a mirarla. Lo hago y advierto cuánto he encogido. Ahora, Allie y yo somos de la misma estatura. A veces me alegro de que no se dé cuenta de cuánto he cambiado. Se vuelve hacia mí y me mira largamente.

—¿Qué haces? —le pregunto.

—No quiero olvidarte ni olvidar este momento.

Intento mantener vivo el recuerdo.

¿Funcionará esta vez? Sé que no. Es imposible. Pero me reservo mis pensamientos. Sonrío, porque sus palabras son conmovedoras.

—Gracias —respondo.

—Lo digo de veras. No quiero volver a olvidarte. Tú eres muy especial para mí. No sé qué habría hecho hoy sin ti.

Siento un nudo en la garganta. Sus palabras están cargadas de emoción, la misma emoción que siento yo cada vez que pienso en ella. Sé que eso es lo que me mantiene vivo, y en este momento la quiero más que nunca. Cómo me gustaría tener la fuerza necesaria para tomarla en brazos y llevarla al paraíso.

—No digas nada —dice—. Limitémonos a disfrutar de este momento.

Su enfermedad ha ido avanzando, aunque Allie es distinta de la mayoría. Aquí hay otros tres pacientes aquejados del mismo mal, que constituyen la suma de mi experiencia práctica en el tema. Ellos, al igual que Allie, están en la etapa avanzada del mal de Alzheimer, y se encuentran prácticamente perdidos. Se despiertan confundidos y sufren alucinaciones. Dos de ellos ni siquiera pueden comer solos, y morirán pronto. La tercera deambula por los alrededores y se pierde. Un día la encontraron en el coche de un extraño, a cuatrocientos metros de aquí. Desde entonces, está atada a la cama. Todos tienen momentos de agresividad y momentos en que se comportan como niños perdidos, tristes y solitarios. Es una enfermedad muy penosa, y por eso sus hijos, como los nuestros, se resisten a venir de visita.

Allie también tiene problemas, naturalmente. Problemas que sin duda empeorarán con el tiempo. Por las mañanas tiene miedo y llora desconsolada. Cree que la vigilan unas personas diminutas —como gnomos, supongo— y grita para ahuyentarlas. Se baña de buena gana, pero no siempre quiere comer. Está delgada, en mi opinión, demasiado delgada, y en los días buenos hago lo posible para alimentarla.

Pero ahí terminan las similitudes. Y si a Allie la ven como un milagro es porque a veces, sólo a veces, después de leerle, su estado mejora. No hay ninguna explicación lógica para esta mejoría. "Es imposible" —dicen los médicos—. "No puede tener el mal de Alzheimer." Pero lo tiene. Todas las mañanas, y la mayoría de los días, no hay ninguna duda. En eso están de acuerdo. Pero, ¿por qué, entonces, su estado es diferente? ¿Por qué a veces cambia después de mis lecturas? Yo les explico las razones, que conozco con el corazón, pero no me creen. Buscan las causas en la ciencia. Cuatro especialistas han viajado desde Chapel Hill para tratar de hallar una respuesta. Los cuatro se han marchado sin comprender. Yo les digo que nunca podrán entenderlo si recurren sólo a sus conocimientos o a sus libros. Pero sacuden la cabeza y dicen:

—El mal de Alzheimer no evoluciona así. En su estado, es imposible mantener una conversación o mejorar a medida que avanza el día. Es imposible.

Pero ocurre. No todos los días, ni siquiera la mayoría, y cada vez con menor frecuencia. Pero a veces ocurre. Y entonces lo único que le falla es la memoria, como si tuviera amnesia. Se emociona y piensa como una persona normal. Y esos días sé que estoy haciendo lo que debo.

Cuando volvemos, nos han servido la cena en su habitación. Nos han autorizado a comer aquí, como siempre que Allie tiene un buen día, y nuevamente pienso que no puedo pedir más. El personal se ocupa de todo. Son buenos conmigo, y les estoy agradecido.

La luz es tenue, dos velas alumbran la habitación desde la mesa donde cenaremos, y suena una suave música de fondo. Los platos y los vasos son de plástico, y la jarra contiene jugo de manzana, pero las reglas son las reglas, y a ella no parece importarle. Al ver la mesa, deja escapar una pequeña exclamación de asombro y abre los ojos como platos.

—¿Lo has organizado tú? —Asiento con un gesto

y ella entra en la habitación. —Es precioso.

Le ofrezco el brazo y la llevo hasta la ventana. Cuando llegamos, ella no me suelta. Su contacto es agradable, y nos quedamos muy juntos en esta cristalina noche de primavera. La ventana está entornada, y siento la brisa en mis mejillas. Ha salido la Luna, y los dos la contemplamos mientras el cielo de la noche se despliega.

—Estoy segura de que nunca he visto nada tan bonito —dice y estoy de acuerdo.

—Yo tampoco —respondo, pero la estoy mirando a ella. Entiende lo que quiero decir y sonríe. Un minuto después, susurra:

—Creo que sé con quién se queda Allie al final de la historia.

—¿De veras?

—Sí.

—¿Con quién?

—Con Noah.

—¿Estás segura?

—Completamente.

Sonrío y asiento.

—Sí, es verdad —digo en voz baja, y ella me devuelve la sonrisa. Su cara está radiante.

Retiro su silla con dificultad. Allie se sienta y yo lo hago frente a ella. Extiende una mano por encima de la mesa, se la tomo, empieza a acariciarme con el pulgar, como tantos años antes. La miro largo rato sin hablar, viviendo y reviviendo los episodios de mi vida, recordando todo y haciéndolo realidad. Siento un nudo en la garganta, y una vez más tomo conciencia de cuánto la quiero. Cuando por fin hablo, mi voz suena temblorosa:

—Eres tan hermosa —digo. Sus ojos me dicen que sabe lo que siento por ella y lo que en realidad quiero decir con esas palabras.

No responde. Baja la mirada, y me pregunto qué piensa. Esta vez no me da ninguna pista, y le aprieto suavemente la mano. Espero. Conozco su corazón, lo he visitado en todos mis sueños, y sé que hoy casi he llegado allí.

Entonces, otro milagro prueba que tengo razón. Mientras la música de Glenn Miller suena suavemente en la habitación alumbrada por las velas, veo cómo Allie se abandona gradualmente a sus sentimientos. Una sonrisa tierna comienza a dibujarse en sus labios, la clase de sonrisa que me hace sentir que todo ha valido la pena, y alza los ojos brumosos hacia mí. Tira de mi mano.

—Eres maravilloso... —susurra, y en ese momento se enamora de mí. Lo sé, estoy seguro, pues he visto las señales mil veces antes.

No sigue hablando, no es necesario, pero me regala una mirada procedente de otro tiempo que me hace sentir entero otra vez. Le sonrío, con toda la pasión que soy capaz de expresar, y nos miramos con los sentimientos creciendo en nuestro interior como olas del mar. Miro alrededor, al techo, por fin de nuevo a Allie, y la forma en que me mira me conmueve. Súbitamente, vuelvo a sentirme joven. Ya no tengo frío ni me duelen los huesos, no estoy encogido, deforme o casi ciego por las cataratas.

Soy fuerte, orgulloso, el hombre más afortunado del mundo, y continúo sintiéndome así durante un largo rato.

Sólo cuando la tercera parte de las velas se ha

consumido, vuelvo a estar en condiciones de hablar y digo:

—Te quiero con toda el alma. Espero que lo sepas.

—Claro que lo sé —responde con un hilo de voz—. Yo siempre te he querido, Noah.

Noah, vuelvo a oírla. *Noah*. Mi nombre se repite en mi cabeza. *Noah... Noah...* Sabe quién soy, pienso, sabe quién soy...

Lo sabe...

Algo tan insignificante como recordar mi nombre, pero para mí es un regalo del cielo, y revivo nuestra vida en común, nuestros abrazos, mi amor por ella, su compañía durante los mejores años de mi vida.

—Noah... mi dulce Noah... —susurra.

Y yo, que no he querido aceptar las palabras de los médicos, he vuelto a triunfar, al menos por el momento. Dejo de hacerme el misterioso y le beso la mano, la arrimo a mi mejilla, y le susurro al oído:

—Eres lo mejor que me ha pasado en la vida.

—Ay, Noah —responde ella con lágrimas en los ojos—. Yo también te quiero.

Si todo terminara así, yo sería feliz.

Pero no tendré esa suerte. Estoy seguro, porque a medida que pasa el tiempo, comienzo a ver indicios de preocupación en su cara.

—¿Qué pasa? —le pregunto.

—Tengo miedo —responde en voz baja—. Tengo miedo de volver a olvidar esto. No es justo... No puedo soportarlo.

Su voz se quiebra al final de la frase, pero no sé qué contestar. La noche llega a su fin, y no puedo hacer nada para detener lo inevitable. En eso soy un fracaso. Por fin le digo:

179

—Nunca te dejaré. Nuestro amor es eterno.

Sabe que es lo único que puedo decir, pues ninguno de los dos desea promesas falsas. Aunque, por la forma en que me mira, intuyo que le gustaría oír algo más. Comenzamos a cenar al son de la serenata de los grillos. Ninguno de los dos tiene hambre, pero tomo la iniciativa para dar ejemplo, y ella me imita. Toma bocados pequeños y los mastica largamente, pero me alegro de verla comer. En los últimos tres meses ha adelgazado mucho.

Después de comer, muy a mi pesar, comienzo a inquietarme. Sé que debería sentirme feliz, pues esta reunión es la prueba de que aún tenemos derecho a amar, pero ya han doblado las campanas por esta noche. Hace tiempo que se ha puesto el Sol, la ladrona de sueños está al caer, y no puedo hacer nada para detenerla. Así que miro a Allie, aguardo y vivo una vida entera en estos últimos instantes de gracia.

Nada.

Las agujas del reloj avanzan.

Nada.

La atraigo hacia mí, y nos abrazamos.

Nada.

La siento temblar y le susurro palabras al oído.

Nada.

Le digo por última vez que la amo.

Y la ladrona llega.

Su rapidez siempre me sorprende; incluso ahora, después de tanto tiempo. Todavía abrazada a mí, Allie comienza a parpadear rápidamente y sacude la cabeza. Luego se vuelve hacia un rincón de la habitación y me mira largamente con una mueca de preocupación.

¡No!, grito mentalmente. *¡Todavía no! ¡Ahora no...! ¡Estábamos tan cerca! ¡Esta noche no! ¡Cualquier otra, pero no ésta! ¡Por favor!* Las palabras resuenan en mi mente. ¡No puedo soportarlo! No es justo... no es justo...

Pero, como siempre, no sirve de nada.

—Esa gente me mira —dice, señalando—. Por favor, haz que paren.

Los gnomos.

Siento un nudo en el estómago, grande y duro. Contengo el aliento durante un instante, y luego vuelvo a respirar, aunque más superficialmente. Tengo la boca seca y el corazón desbocado. Sé que todo ha terminado, y no me equivoco. Ha llegado la confusión nocturna, asociada con el mal que padece mi esposa, y esta es la peor parte. Pues cuando ella viene, Allie se va, y a veces me pregunto si volveremos a amarnos otra vez.

—No hay nadie, Allie —digo, tratando de posponer lo inevitable. Pero no me cree.

—Me vigilan.

—No —susurro sacudiendo la cabeza.

—¿No los ves?

—No —contesto, y piensa durante unos instantes.

—Pues están ahí mismo —dice, apartándome—, y me están mirando.

Empieza a hablar sola, y segundos después, cuando intento consolarla, da un respingo y me mira con los ojos muy abiertos.

—¿Quién eres? —grita con la voz cargada de pánico, y la cara cada vez más pálida—. ¿Qué haces aquí?

El miedo crece en su interior, y me duele verla así, pero no puedo hacer nada. Se aleja, retrocede, con las

181

manos extendidas en posición defensiva, y me rompe el corazón con sus palabras:

—¡Fuera! ¡Fuera de aquí! —grita.

Está aterrorizada, se ha olvidado de mí e intenta espantar a los gnomos.

Me levanto y me dirijo a su cama. Estoy débil, me duelen las piernas y siento una extraña punzada en el costado. Ni siquiera sé de dónde viene. Tengo que hacer un esfuerzo sobrehumano para apretar el timbre y llamar a las enfermeras, pues los dedos me laten y parecen paralizados, pero finalmente lo consigo. Sé que llegarán pronto, y las espero. Entretanto, observo a mi esposa.

Pasan diez, veinte, treinta segundos y sigo mirándola, sin perder un detalle, recordando el momento que acabamos de compartir. Pero ella no me devuelve la mirada, y su lucha contra los enemigos invisibles me atormenta.

Me siento en el borde de la cama, con la espalda dolorida, y recojo el cuaderno, llorando. Allie no se da cuenta. Lo comprendo, pues está fuera de sí.

Un par de hojas caen al suelo y me agacho para recogerlas. Estoy cansado, así que permanezco sentado, lejos de mi esposa. Y cuando las enfermeras entran en la habitación, se encuentran con que deben consolar a dos personas: Una mujer temblorosa, acechada por los demonios de su mente, y un viejo que la ama más que a su propia vida, llorando silenciosamente en un rincón, con la cara entre las manos.

Paso el resto de la noche a solas en mi habitación. La puerta está entreabierta, y veo pasar gente, algunos desconocidos, otros amigos, y si presto atención, los oigo hablar de familiares, trabajo o visitas al parque. Conversaciones corrientes, nada más, pero los envidio y envidio su tono casual. Otro pecado mortal, lo sé, pero a veces no puedo evitarlo.

El doctor Barnwell también está aquí, hablando con una de las enfermeras. ¿Quién estará tan grave para requerir su presencia a estas horas? Siempre le digo que trabaja demasiado. "Dedique más tiempo a su familia, porque no estarán siempre a su lado." Pero no me escucha. Dice que lo preocupan sus pacientes, y que debe acudir cuando lo necesitan. Dice que no tiene elección, pero sé que se debate en una contradicción que le hace la vida imposible: Quiere ser un médico completamente entregado a sus pacientes, y al mismo tiempo un hombre completamente entregado a su familia. Y eso es imposible. Aún tiene que aprender que el día no tiene horas suficientes para las dos cosas. Mientras su voz se desvanece a lo lejos, me pregunto qué elegirá, o si, desafortunadamente, alguien tomará la decisión por él.

Me siento en el sillón de la ventana y pienso en el día de hoy. Fue dichoso y triste, maravilloso y desolador. Mis sentimientos encontrados me hacen guardar silencio durante horas. Esta noche no leeré para nadie; no podría, pues la introspección poética me haría llorar. Finalmente, el silencio se posa sobre los pasillos, y sólo se oyen los pasos de los celadores nocturnos. A las once, oigo el sonido familiar que estaba esperando. Unos pasos que conozco bien.

El doctor Barnwell asoma la cabeza en la habitación.

—Vi la luz encendida. ¿Le importa si paso un momento?

—No —respondo, sacudiendo la cabeza.

Entra, echa un vistazo alrededor, y se sienta cerca de mí.

—He oído que Allie ha tenido un buen día —dice. Sonríe. Nuestra relación lo intriga, y dudo de que su interés sea enteramente profesional.

—Supongo que sí.

Inclina la cabeza y me mira.

—¿Se encuentra bien, Noah? Parece deprimido.

—Estoy bien. Sólo un poco cansado.

—¿Cómo estuvo Allie hoy?

—Bien. Hablamos durante casi cuatro horas.

—¿Cuatro horas? Noah... eso es increíble. —No puedo hacer otra cosa que asentir, y él continúa, sacudiendo la cabeza: —Nunca he visto nada semejante ni he oído de ningún caso parecido. Supongo que es el amor. Es evidente que ustedes están hechos el uno para el otro. Debe de quererlo mucho. Lo sabe, ¿verdad?

—Lo sé —respondo, pero no puedo añadir nada más.

—¿Qué lo preocupa, Noah? ¿Acaso Allie dijo algo que hirió sus sentimientos?

—No. Estuvo maravillosa. Pero ahora... bueno, me siento solo.

—¿Solo?

—Sí.

—Nadie está solo.

—Yo estoy solo —digo mientras miro el reloj e imagino a la familia del médico durmiendo en una casa silenciosa, la casa donde él debería estar ahora—. Y usted también.

Los días siguientes transcurrieron sin novedades.

Allie no me reconocía, y debo confesar que yo le prestaba poca atención, pues seguía enfrascado en los recuerdos de ese otro día, cercano y maravilloso. Aunque todo había acabado demasiado pronto, no habíamos perdido nada. Por el contrario, habíamos ganado, y me sentía dichoso de haber recibido nuevamente esa bendición. Una semana después, mi vida había vuelto a la normalidad. O, por lo menos, a la normalidad relativa de una existencia como la mía. Leía para Allie, leía para los demás y me paseaba por los pasillos. Pasaba las noches en vela, y por las mañanas me sentaba junto al radiador. La rutina cotidiana me brinda un curioso solaz.

Una mañana fría y brumosa, ocho días después de aquel que habíamos pasado juntos, me desperté temprano y me senté ante el escritorio a mirar fotografías y a leer cartas escritas mucho tiempo atrás. Al menos lo intenté. No acababa de concentrarme, pues me dolía la cabeza, así que finalmente me senté junto a la ventana a ver salir el Sol. Sabía que Allie se despertaría en un par de horas, y quería estar fresco, pues una jornada de lectura no haría más que intensificar el dolor de cabeza.

Cerré los ojos unos minutos, mientras las punzadas en mi cabeza se aliviaban y recrudecían alternativamente. Cuando los abrí, vi a mi viejo amigo, el río, corriendo al otro lado de la ventana. Mi habitación, a diferencia de la de Allie, da al río, y su visión nunca deja de inspirarme. Es paradójico. El río tiene cien mil años, y sin embargo se renueva con cada aguacero. Esa mañana le hablé, le susurré para que pudiera oírme: "Eres afortunado, amigo mío, igual que yo, y juntos afrontaremos los días venideros". El agua tembló y se rizó en señal de asentimiento, y la pálida luz de la mañana reflejó el mundo que compartimos. El río y yo. Con nuestro flujos y reflujos. Creo que vivir es mirar el agua. Uno puede aprender tantas cosas de ella...

Ocurrió mientras estaba sentado en el sillón, en el preciso instante en que Sol se asomó sobre el horizonte. Sentí un hormigueo en la mano, algo que no había experimentado antes. Comencé a levantarla, pero me detuve al sentir una intensa punzada en la cabeza, como si me hubieran dado un martillazo. Cerré los ojos y apreté los párpados con fuerza. El hormigueo cesó, pero mi mano empezó a entumecerse rápidamente, como si me hubieran cortado los nervios del antebrazo. La muñeca se dobló mientras sentía un dolor desgarrador en la cabeza, que parecía extenderse al cuello y a cada célula de mi cuerpo, como una ola, aplastando y debilitando todo lo que encontraba a su paso.

Perdí la vista, oí algo parecido al ruido de un tren pasando a escasos centímetros de mi cabeza, y supe que sufría una apoplejía. El dolor atravesó mi cuerpo como un rayo, y en los últimos instantes de conciencia, imaginé a Allie en su cama, esperando la historia que nunca le leería, perdida y desorientada, incapaz de valerse por sí misma. Igual que yo.

¡Dios mío!, ¿qué he hecho?, pensé mientras mis ojos se cerraban.

Durante dos días tuve períodos alternativos de conciencia y de inconsciencia, y cada vez que recobraba el conocimiento, me encontraba conectado a máquinas, con tubos en la nariz y en la garganta, y dos bolsas de suero colgadas junto a la cama. Oía las vibraciones de las máquinas, un zumbido intermitente y, ocasionalmente, ruidos que era incapaz de interpretar. El sonido de la máquina que medía mi ritmo cardíaco resultaba curiosamente relajante; me arrullaba, sumiéndome en un mundo de ensueño una y otra vez. Los médicos estaban preocupados. A través de los párpados entornados, leía la inquietud en sus rostros cuando estudiaban los gráficos o controlaban las máquinas. Hablaban en voz baja, convencidos de que no podía oírlos. "Una apoplejía es grave, sobre todo para una persona de su edad. Podría tener secuelas importantes", decían. Las predicciones iban acompañadas de expresiones sombrías. "Pérdida del habla, pérdida de movilidad, parálisis." Otra anotación en un gráfico, otro "bip" de una máquina extraña, y se marchaban, ignorando que yo los había oído. Después, evitaba pensar en sus palabras y me concentraba en Allie, dibujando su retrato en mi mente siempre que podía. Hacía lo imposible para revivirla en mi interior, para fundirme nuevamente con ella. Trataba de sentir su piel, oír su voz, ver su cara, y mientras tanto lloraba, pues no sabía si podría volver a abrazarla, a susurrarle al oído, a pasar el día con ella, hablando, leyendo, paseando. No había imaginado, o deseado, ese final. Había dado por sentado que yo moriría después que ella. Las cosas no salían de acuerdo con lo previsto.

Durante varios días perdí y recobré la conciencia alternativamente, hasta otra mañana encapotada, cuando mi promesa a Allie volvió a acicatear mi cuerpo. Abrí los ojos, vi la habitación llena de flores, y su aroma me animó aún más. Busqué el timbre, hice un esfuerzo sobrehumano para oprimirlo, y treinta segundo después llegó una enfermera, seguida por el doctor Barnwell, que me sonrió de inmediato.

—Tengo sed —dije con voz ronca, y la sonrisa del doctor Barnwell se ensanchó.

—Bienvenido de regreso a la vida —dijo—. Sabía que lo superaría.

Al cabo de dos semanas me han dado el alta en el hospital, aunque he quedado reducido a la mitad. Si fuera un Cadillac, me desplazaría en círculos, con una rueda girando en el aire, ya que la parte derecha de mi cuerpo es más débil que la izquierda. Dicen que debo considerarme afortunado, pues la parálisis podría haber sido total. A veces creo que estoy rodeado de optimistas.

La mala nueva es que mis manos me impiden usar un bastón o una silla de ruedas, de modo que debo marchar a mi único y particular estilo para mantenerme erguido. Nada de derecha-izquierda, derecha-izquierda, como en mi juventud, ni siquiera el arrastre-arrastre de los últimos tiempos, sino más bien un arrastre-lento, desliz-a-la-derecha, arrastre-lento. Soy todo un espectáculo caminando por los pasillos, muy lentamente, incluso para mí, que hace dos semanas no habría podido ganarle una carrera a una tortuga.

Cuando llego a mi habitación es bastante tarde, pero sé que seré incapaz de conciliar el sueño. Respiro hondo y huelo la fragancia de la primavera que se ha colado en mi habitación. Han dejado la ventana abierta y el aire está fresco. El cambio de temperatura me reanima. Evelyn, una de las tantas enfermeras a quienes triplico en edad, me ayuda a sentarme en el sillón y hace ademán de cerrar la ventana. La detengo, y aunque arquea las cejas, respeta mi decisión. Abre un cajón, y unos segundos después, me cubre los hombros con un suéter. Me arropa como si fuera un niño, y cuando termina, me da una palmada suave en el hombro. No habla, y su silencio me indica que está mirando por la ventana. Permanece inmóvil largo rato, y me pregunto qué estará pensando, pero no la interrogo. Finalmente la oigo suspirar. Se vuelve para marcharse, pero de repente se detiene, se inclina, y me besa en la mejilla, con ternura, como suele hacerlo mi nieta. Su gesto me sorprende.

—Me alegro de que haya vuelto. Allie lo ha echado de menos, y nosotras también. Hemos rezado por usted, porque este sitio no es lo mismo sin su presencia.

Antes de marcharse, sonríe y me acaricia la cara. No le respondo. Más tarde, vuelvo a oírla empujando un carrito mientras habla en susurros con otra enfermera.

Esta noche el cielo está estrellado y el mundo resplandece con un azul espectral. El canto de los grillos ahoga cualquier otro sonido. ¿Podrán verme desde fuera? ¿Verán a este prisionero de la carne? Busco alguna señal de vida entre los árboles, el patio, los bancos frente al refugio de los gansos, pero no veo nada. Hasta el río está inmóvil. Se avecina una tormenta, y en unos minutos el cielo se teñirá de plata, y volverá la oscuridad.

Un relámpago surca el ancho cielo, y mi mente vuelve al pasado. ¿Quiénes somos Allie y yo? ¿Somos una hiedra vieja en un ciprés, con los zarcillos entrelazados, tan unidos que nos matarían si intentaran separarnos? No lo sé. Otro relámpago, y la mesa que está junto a mí se ilumina lo suficiente para permitirme ver una fotografía de Allie, la mejor que tengo. La hice enmarcar hace años, con la esperanza de que el cristal la conservara intacta. La tomo y me la acerco a la cara. La miro largamente; no puedo evitarlo. Cuando le hicieron esa fotografía tenía cuarenta y un años, y estaba más hermosa que nunca. Quisiera preguntarle tantas cosas, pero sé que la foto no me contestará, y la dejo nuevamente sobre la mesa.

Aunque Allie está al final del pasillo, esta noche me siento solo. Siempre estaré solo. Lo supe mientras estaba en el hospital, y acabo de convencerme mientras miro aparecer las nubes de tormenta. Muy a mi pesar, nuestra situación me entristece, pues recuerdo que el último día que pasamos juntos no la besé en la boca. Quizá no vuelva a hacerlo. Con esta enfermedad, nunca se sabe. ¿Por qué pienso en estas cosas?

Finalmente me levanto, camino hasta el escritorio y enciendo la lámpara. Me cuesta más trabajo del que esperaba, y estoy agotado, así que no regreso al sillón de la ventana. Me siento y dedico unos minutos a mirar las fotografías que hay sobre mi escritorio. Fotos familiares, fotos de niños y vacaciones. Fotos de Allie y de mí. Pienso en los momentos que pasamos juntos, solos o en familia, y nuevamente, me siento muy viejo.

Abro el cajón y encuentro las flores que le di hace mucho tiempo, viejas, desteñidas, atadas con una cinta. Las flores están marchitas y descoloridas, igual que yo, y es difícil tocarlas sin deshojarlas. Pero Allie las guardó.

—No entiendo para qué las quieres —le decía, pero no me hacía caso.

A veces, por las noches, las sujetaba entre sus manos casi con reverencia, como si encerraran el secreto de la vida. Mujeres.

Puesto que esta es una noche de recuerdos, busco y encuentro mi anillo de boda. Está en el primer cajón, envuelto en papel de seda. No puedo usarlo porque mis nudillos están hinchados y la sangre ya no circula bien por mis dedos. Abro el papel de seda y encuentro el anillo intacto. Es una alianza, un símbolo poderoso, y tengo la certeza, la absoluta certeza, de que jamás existió otra mujer como Allie. Lo supe hace tiempo, y lo sé ahora. Y en ese momento, susurro:

—Todavía soy tuyo, Allie, mi reina, mi belleza eterna. Eres, y siempre has sido, lo mejor de mi vida.

Me pregunto si podrá oírme y espero una señal. Pero no llega.

Son las once y media, y busco la carta que me escribió, la que siempre leo cuando estoy de humor. La encuentro donde la dejé. Giro el sobre en mis manos antes de abrirlo, y cuando lo hago, me tiemblan las manos. Finalmente, leo:

Querido Noah,

Escribo estas líneas a la luz de las velas, mientras tú duermes en la habitación que hemos compartido desde el día de nuestra boda. Aunque no alcanzo a oír tu respiración, sé que estás ahí, y que pronto me acostaré a tu lado, como siempre. Sentiré tu calor, el bendito consuelo de tu proximidad, y tu respiración me guiará lentamente hasta el lugar donde sueño contigo, con lo maravilloso que eres.

La llama de la vela me recuerda a un fuego del pasado, que contemplé vestida con tu camisa y tus vaqueros. Entonces ya sabía que estaríamos juntos para siempre, aunque al día siguiente titubeara. Un poeta sureño me había capturado, robándome el corazón, y en lo más profundo de mi ser, supe que siempre había sido tuya. ¿Quién era yo para cuestionar un amor que cabalgaba sobre las estrellas fugaces y rugía como las olas del mar? Así era entonces, y así es ahora.

Recuerdo que al día siguiente, el día de la visita de mi madre, volví contigo. Estaba asustada, como nunca en mi vida, porque temía que no me perdonaras que te hubiera dejado. Cuando bajé del coche, temblaba, pero tú sonreíste y me tendiste los brazos, ahuyentando todos mis temores. "¿Quieres un café?", dijiste simplemente. Y nunca volviste a sacar el tema. Ni una sola vez en todos los años que hemos vivido juntos.

Tampoco protestabas cuando, en los días siguientes, salía a caminar sola. Y si regresaba con lágrimas en los ojos, siempre sabías cuándo debías abrazarme y cuándo dejarme sola. No sé cómo lo sabías, pero lo hacías, y con ello me facilitaste las cosas. Más adelante, cuando fuimos a la pequeña capilla e intercambiamos anillos y votos, te miré a los ojos y comprendí que había tomado la decisión correcta. Más aún, comprendí que era una tonta por haber dudado. Desde entonces, no me he arrepentido ni una sola vez.

Nuestra convivencia ha sido maravillosa, y ahora pienso mucho en ella. A veces cierro los ojos y te veo con hebras de plata en la cabeza, sentado en el porche, tocando la guitarra, rodeado de niños que juegan y baten palmas al ritmo de la música que has creado. Tu ropa está sucia después de una jornada de trabajo, y estás agotado, pero aunque te sugiero que descanses un

poco, sonríes y dices: "Es lo que estoy haciendo".
Tu amor por los niños me parece sensual y apasionante. "Eres mejor padre de lo que crees", te digo más tarde, cuando los niños duermen. Poco después, nos desnudamos, nos besamos y estamos a punto de perder la cabeza antes de meternos entre las sábanas de franela.

Te quiero por muchas razones, pero sobre todo por tus pasiones, que siempre han sido las cosas más maravillosas de la vida. El amor, la poesía, la paternidad, la amistad, la belleza y la naturaleza. Y me alegro de que hayas inculcado esos sentimientos a nuestros hijos, porque sin lugar a dudas enriquecerán sus vidas. Siempre hablan de cuánto significas para ellos, y entonces me siento la mujer más afortunada del mundo.

También a mí me has enseñado muchas cosas, me has inspirado, y nunca sabrás cuánto significó para mí que me animaras a pintar. Ahora mis obras están en museos y colecciones privadas de todo el mundo, y aunque muchas veces me he sentido cansada o aturdida por exposiciones y críticos, tú siempre me alentabas con palabras amables.

Comprendiste que necesitaba un estudio, un espacio propio, y no te preocupabas por las manchas de pintura en mi ropa, en mi pelo o incluso en los muebles. Sé que no fue fácil. Sólo un hombre de verdad puede soportar algo así. Y tú lo eres. Lo has sido durante cuarenta y cinco maravillosos años.

Además de mi amante, eres mi mejor amigo,

y no sabría decir qué faceta de ti me gusta más. Adoro las dos, como he adorado nuestra vida en común. Tú tienes algo, Noah, algo maravilloso y poderoso. Cuando te miro veo bondad, lo mismo que todo el mundo ve en ti. Bondad. Eres el hombre más indulgente y sereno que he conocido. Dios está contigo. Tiene que estarlo, porque eres lo más parecido a un ángel que he visto en mi vida.

Sé que me tomaste por loca cuando te pedí que escribieras nuestra historia antes de marcharnos de casa, pero tengo mis razones, y agradezco tu paciencia. Y aunque nunca respondí a tus preguntas, creo que ya es hora de que sepas la verdad.

Hemos tenido una vida que la mayoría de las parejas no conocerá nunca, y sin embargo, cada vez que te miro, siento miedo porque sé que todo acabará muy pronto. Los dos conocemos el diagnóstico de mi enfermedad y sabemos lo que significa. Te veo llorar, y me preocupo más por ti que por mí, porque sé que compartirás mis sufrimientos. No encuentro palabras para expresar mi dolor.

Te quiero tanto, tan apasionadamente, que hallaré una forma de volver a ti a pesar de mi enfermedad. Te lo prometo. Y por eso te he pedido que escribieras nuestra historia. Cuando esté sola y perdida, léemela —tal como se la contaste a nuestros hijos— y sé que de algún modo comprenderé que habla de nosotros. Entonces, quizá, sólo quizá, encontremos la manera de estar juntos otra vez.

Por favor, no te enfades conmigo los días en que no te reconozca. Los dos sabemos que llegarán. Piensa que te quiero, que siempre te querré, y que pase lo que pasare, habré tenido la mejor vida posible. Una vida contigo. Si has conservado esta carta y la relees, cree que lo que digo vale también ahora. Noah, dondequiera que estés y cuando quiera que leas esto, te quiero. Te quiero mientras escribo estas líneas, y te querré cuando las leas. Y lamentaré no poder decírtelo. Te quiero con toda el alma, marido mío. Eres, y has sido, lo que siempre he soñado.

Allie

Cuando termino de leer, dejo la carta. Me levanto del escritorio y busco mis zapatillas. Están junto a la cama, y tengo que sentarme para ponérmelas. Me pongo de pie, cruzo la habitación y abro la puerta. Me asomo al pasillo y veo a Janice sentada detrás del mostrador principal. Al menos creo que es ella. Para llegar a la habitación de Allie debo pasar a su lado, pero se supone que no debo salir de mi cuarto a estas horas, y Janice no es de las que rompen las reglas. Su marido es abogado.

Aguardo un momento, con la esperanza de que se vaya, pero no se mueve, y me impaciento. Finalmente, salgo; arrastre-lento, desliz-hacia-la-derecha, arrastre-lento. Tardo siglos en llegar a su lado, pero, curiosamente, no me ve acercarme. Soy una pantera silenciosa acechando en la jungla, invisible como una cría de paloma.

Por fin me descubre, cosa que no me sorprende, pues estoy ante sus narices.

—¿Qué hace, Noah? —pregunta.

—He salido a dar un paseo —respondo—. No puedo dormir.

—Sabe que no debe salir a estas horas.

—Sí. —Pero no me muevo, estoy decidido.

—No ha salido a dar un paseo, ¿verdad? Quiere ver a Allie.

—Sí.

—Noah, ya sabe lo que pasó la última vez que la vio por la noche.

—Lo recuerdo.

—Entonces comprenderá que no puede hacerlo.

No respondo directamente. Simplemente, digo:

—La echo de menos.

—Lo entiendo. Pero no puedo permitir que la vea.

—Es nuestro aniversario —insisto. Y es verdad. Falta un año para nuestras bodas de oro. Hoy cumplimos cuarenta y nueve años de casados.

—Ya veo.

—¿Entonces puedo ir?

Desvía la vista un momento, y su voz cambia. Se dulcifica, y me sorprende. Janice nunca me pareció una mujer sentimental.

—Noah, llevo cinco años aquí, y antes trabajé en otro geriátrico. He visto a centenares de parejas luchando contra el dolor y la tristeza, pero no he conocido a nadie como usted. Ningún miembro del personal, ni los médicos ni las enfermeras, habíamos visto nada semejante. —Hace una pequeña pausa y, curiosamente, sus ojos se llenan de lágrimas. Las seca con un dedo y prosigue: —Procuro imaginar lo que está pasando, cómo hace para seguir adelante día a día, pero no puedo figurármelo. No sé cómo lo consigue. A veces, hasta logra burlar la enfermedad de Allie. Los médicos no lo entienden, pero nosotras, las enfermeras, sí. Es el amor, así de sencillo. Es lo más increíble que he visto en mi vida. Un nudo en la garganta me impide responder.

—Sin embargo, Noah —continúa—, usted no está autorizado a visitarla a estas horas y yo no puedo permitírselo. Por lo tanto, tiene que volver a su habitación. —Se sorbe los mocos, sonríe, acomoda algunos papeles sobre el mostrador, y añade: —Yo voy a bajar a tomarme un café. No podré vigilarlo durante un rato, así que no haga ninguna tontería.

Se levanta rápidamente, me da una palmada en el brazo y se dirige a la escalera. No mira atrás y, súbitamente, me quedo solo. No sé qué pensar. Miro hacia donde estaba sentada Janice y veo una taza de café, llena, todavía humeante. Una vez más, compruebo que en el mundo hay mucha gente buena.

Por primera vez en años siento calor mientras inicio mi excursión hacia la habitación de Allie. Doy pasos de pajarito, pero incluso a ese ritmo siento que estoy corriendo un riesgo, pues mis piernas están agotadas. Tengo que apoyarme en la pared para no caerme. Los tubos fluorescentes zumban sobre mi cabeza, su resplandor me lastima la vista, y entorno los ojos. Paso junto a una docena de habitaciones oscuras, habitaciones donde he leído antes, y me doy cuenta de que echo de menos a sus ocupantes. Son mis amigos, cuyas caras conozco tan bien, y mañana volveré a verlos a todos. Pero esta noche no, pues no tengo tiempo para detenerme. Apuro el paso, y el movimiento empuja la sangre por mis arterias secas. Mis fuerzas crecen con cada paso. Una puerta se abre a mi espalda, pero no oigo pasos, y sigo adelante. Soy un extraño. Nadie puede detenerme. En el cubículo de las enfermeras suena el teléfono, y me apresuro para que no me pesquen. Soy un bandido nocturno, enmascarado, huyendo a caballo de soñolientos pueblos fantasma, galopando bajo la luna amarilla con las alforjas llenas de oro en polvo. Soy joven, fuerte, apasionado. Derribaré la puerta, levantaré a mi amada en brazos y la llevaré al paraíso.

¿A quién pretendo engañar?

Llevo una vida sencilla. Soy un tonto, un viejo enamorado, un soñador que suspira por leer poemas a Allie y abrazarla siempre que se presente la oportunidad. Soy un pecador con muchos defectos, un hombre que cree en la magia, pero me siento demasiado viejo para cambiar o incluso para tomarme la molestia de intentarlo.

Cuando por fin llego a la habitación, mi cuerpo está débil. Se me nubla la vista, me tiemblan las piernas, y el corazón late con un ruido extraño en mi pecho. Lucho con el picaporte, y necesito las dos manos y tres toneladas de fuerza para vencerlo. Finalmente se abre la puerta, y la luz del pasillo se cuela en la habitación, iluminando la cama donde duerme Allie. Cuando la veo, pienso que no soy más que un transeúnte en una calle atestada, olvidado para siempre.

En la habitación reina una calma absoluta. Allie está acostada, cubierta con la colcha hasta la cintura. Un momento después, la veo volverse de costado, y su respiración me trae a la memoria momentos más felices. En la cama, parece muy pequeña, y mientras la contemplo pienso que todo ha terminado entre nosotros. Respiro el aire viciado y tiemblo. Este lugar se ha convertido en nuestra tumba.

No me muevo. Es nuestro aniversario, y por un instante quiero decirle cómo me siento, pero callo para no despertarla. Además, está escrito en el papelito que dejaré debajo de su almohada. Dice:

En estas últimas y tiernas horas,
el amor es sensible y puro
Ven, luz de la mañana, con tu luminoso poder
a despertar a mi amor eterno.

Me parece oír pasos, así que entro en la habitación y cierro la puerta a mi espalda. La oscuridad desciende sobre mí, y camino de memoria hasta la ventana. Descorro las cortinas, y la Luna me mira, grande y llena, guardiana de la noche. Me vuelvo hacia Allie y sueño centenares de sueños, y aunque sé que no debo, me siento en su cama para dejar la nota debajo de la almohada. Luego extiendo la mano y le acaricio la cara, suave como polvo de talco. Le toco el pelo, y me quedo sin aliento. Siento asombro, veneración, como un compositor que acaba de descubrir la obra de Mozart. Se vuelve, parpadea y entorna los ojos. Me arrepiento de mi estupidez, porque sé que comenzará a llorar y a gritar, como siempre. Soy impulsivo y débil, lo sé, pero me asalta la imperiosa necesidad de intentar lo imposible, y me inclino hacia ella, arrimando mi cara a la suya.

Y cuando sus labios rozan los míos, experimento un extraño hormigueo, un hormigueo que no he sentido nunca en tantos años de convivencia, pero no me aparto. Y, de repente, se produce un milagro: su boca se abre y descubro un paraíso perdido, intacto a pesar del tiempo transcurrido, eterno como las estrellas. Siento el calor de su cuerpo, y cuando nuestras lenguas se encuentran, me permito abandonarme, como tantos años atrás. Cierro los ojos y me transformo en un poderoso barco en aguas turbulentas, fuerte e intrépido, y Allie es mi timón. Acaricio con suavidad el contorno de su cara, y le tomo la mano. La beso en los labios, en las mejillas, y oigo su respiración.

—¡Oh, Noah! —susurra—, te he echado de menos.

Otro milagro —¡el mayor de todos!— y soy incapaz de contener las lágrimas mientras nos elevamos juntos hacia el cielo. Porque el mundo me parece maravilloso mientras sus dedos buscan los botones de mi camisa y despacio, muy despacio, comienzan a desabrocharlos uno a uno.